Œuvres & thèmes

Collection dirigée par Hélène Potelet et Georges Décote

Molière

Le Médecin malgré lui

classiques

Texte intégral

Un genre

La comédie-farce

Groupement de textes

La commedia dell'arte

Yves Bomati
docteur ès lettres et sciences humaines

Paris 2013
ISBN 978-2-218-97156-3
ISSN 0184 0851

Hatier

1666, la première du *Médecin malgré lui*

Le 6 août 1666, à 44 ans, Molière donne la première représentation d'une comédie-farce, *Le Médecin malgré lui*, dont Lully compose la musique. Très aboutie, cette pièce remporte un vif succès.

Louis XIV règne en monarque absolu depuis 1661. Il veut faire de la France un pays moderne où l'on vit dans le faste et où les arts et les lettres sont encouragés.

À la même époque…

■ Dès 1660, la troupe Fiorelli-Locatelli de commedia dell'arte joue en alternance avec la troupe de Molière, à Paris, au Palais-Royal. Cette troupe compte parmi ses acteurs les plus célèbres : Scaramouche (ci-dessous) et Dominique.

Sommaire

Repères pour commencer 4

Molière
Le Médecin malgré lui (1666)

Acte I	Scène 1	9
	Scènes 2 et 3	15
	Scène 4	21
	Scène 5	27
Acte II	Scène 1	38
	Scènes 2 et 3	45
	Scène 4	53
	Scène 5	63
Acte III	Scènes 1 et 2	69
	Scènes 3, 4 et 5	77
	Scène 6	83
	Scènes 7, 8, 9, 10 et 11	89

Le bilan de lecture 97

Groupement de textes
La commedia dell'arte

Repères pour commencer 100

Scénarios de la commedia dell'arte
« Pantalon et son valet » (le canevas)
« Arlequin et le dieu Pan » (le scénario mixte)
« L'esprit d'Arlequin » (le scénario écrit) 102

Carlo Goldoni, *Le Bourru bienfaisant* 112

Théophile Gautier, *Le Capitaine Fracasse*,
« Le chariot de Thespis » 117

Histoire des arts 123

Index des rubriques 128

Repères pour commencer

Molière (1622-1673)

Né en 1622, le jeune Jean-Baptiste Poquelin, car tel est le vrai nom de Molière, est promis à un bel avenir bourgeois – son père est tapissier du roi, charge héréditaire qui aurait pu lui assurer des bénéfices confortables. Cependant, les solides études qu'il entreprend ne lui font guère oublier les promenades où son grand-père l'entraîne, sur le Pont-Neuf, au centre de Paris. C'est là qu'il rencontre, au milieu des bateleurs de tous ordres, le grand Scaramouche, un acteur comique italien dont le talent fait courir toute la capitale.

Scaramouche est un mime italien hors pair qui importe en France tous les procédés comiques de la commedia dell'arte : masques, grimaces, excentricités vestimentaires, jeux de scène, cabrioles, coups de bâton, intrigues simples à la limite du vraisemblable. Il va changer la vie de Molière qui, au sommet de sa gloire, lui rendra toujours un vibrant hommage.

Des débuts difficiles

Pourtant, les débuts du jeune Molière sont difficiles. Fondateur de l'Illustre-Théâtre avec la comédienne Madeleine Béjart, il arpente durant treize ans les provinces avec un succès mitigé, jusqu'au jour où Monsieur, le frère du roi, le remarque et l'incite à monter à Paris. Molière a alors trente-cinq ans.

Les années de gloire

En 1659, Molière triomphe avec la représentation des *Précieuses ridicules*. Il est enfin « lancé ». Le succès et les ennemis qui lui sont immanquablement attachés ne le quittent plus. Il a quarante-trois ans lorsque sa troupe devient la Troupe du roi. Avec la gloire, les premières atteintes du mal – une maladie de poitrine –, qui l'emportera huit ans plus tard, le cloue au lit durant plusieurs mois. Il apprend à connaître la médecine et les médecins, et en retire une idée plutôt négative qu'il exploitera dans ses nombreuses comédies.

Il donne alors ses plus belles pièces : *Dom Juan* (1665), *Le Misanthrope* (1666), la même année que *Le Médecin malgré lui*, *L'Avare* (1668), *Tartuffe* (1669), *Le Bourgeois gentilhomme* (1670), *Les Fourberies de Scapin* (1671), *Les Femmes savantes* (1672) et *Le Malade imaginaire* (1673).
Lorsqu'en pleine gloire, il s'éteint soudainement, des milliers d'admirateurs, simples spectateurs et grands seigneurs, s'assemblent de nuit pour lui rendre un dernier hommage.

Les sources du *Médecin malgré lui*

Bien sûr, Molière n'a pas tout inventé dans cette pièce. Outre qu'elle s'inspire de la comédie latine, l'atellane, de la commedia dell'arte italienne et de la farce française, elle semble devoir beaucoup dans le détail à une farce du Moyen Âge, *Le Vilain Mire*.
Dans cette courte pièce, en effet, un paysan devient médecin malgré lui parce qu'il bat sa femme, laquelle pour se venger le fait battre. Si l'on n'a jamais pu affirmer avec certitude que Molière avait en sa possession la pièce au moment où il écrivait sa farce, il est cependant fort vraisemblable qu'il en ait entendu parler.
Quoi qu'il en soit, le théâtre de Molière est truffé de ces pièces qui portent critique de la médecine, sans doute à cause de l'angoisse du créateur, dévoré peu à peu par sa maladie. Aussi bien dans *Le Médecin volant* que dans *L'Amour médecin*, Molière présente les médecins comme de ridicules savants, pédants, usurpateurs, avides d'honoraires, peu crédibles en fait malgré leur habit. Il reprend en cela une tradition théâtrale qui remonte à l'Antiquité.

Une farce au carrefour de plusieurs traditions

Le Médecin malgré lui est une comédie-farce. De la comédie, elle a toute la légèreté, l'intrigue amoureuse, le souci de la dénonciation des défauts de l'époque. De la farce, elle a le souffle, le rythme et la technique.
À l'origine de la farce française, on trouve divers courants :
– *L'atellane* latine d'abord : une farce grossière, issue du terroir latin, où les situations caricaturales, les plaisanteries lancées à la volée –

souvent triviales –, avaient pour seul but de faire rire un public peu cultivé mais bon vivant.

– *La commedia dell'arte* ensuite qui nous vient d'Italie : une comédie improvisée sur un canevas très libre où des personnages stéréotypés évoluent. Ce canevas très mince était cloué sur une poutre des coulisses et chaque acteur, dans les limites de la tradition cependant, improvisait à partir de là, selon ses humeurs et l'enthousiasme de la salle. On attendait telle scène incontournable du personnage d'Arlequin ou d'Ottavio, et les prouesses des acteurs faisaient les délices des spectateurs. Molière leur emprunta de nombreux jeux de scène et personnages. Dans *Le Médecin malgré lui*, Sganarelle, Léandre, Lucinde, Géronte et Jacqueline (dans une moindre mesure) sont issus de la tradition italienne.

– *La farce française* enfin : outre *Le Vilain Mire* cité plus haut, mentionnons ici *La Farce de Maître Pathelin*, célèbre pour ses langages imaginaires, *La Farce du cuvier*, prototype de la scène de ménage dont le début du *Médecin malgré lui* s'inspire. C'est dans cette lignée que Molière introduit les personnages plus français de Martine, Valère, M. Robert, Lucas, Thibaut et Perrin.

Le Médecin malgré lui s'inscrit donc dans une tradition bien vivante. Molière, en pleine maturité, y ajoute tout son talent – au même moment, il produit ses pièces les plus sérieuses, toutes des chefs-d'œuvre. C'est lui qui fait passer la farce, genre improvisé, à la comédie-farce écrite que nous avons la chance de lire et de représenter aujourd'hui encore dans toute sa saveur.

Molière

Le Médecin malgré lui

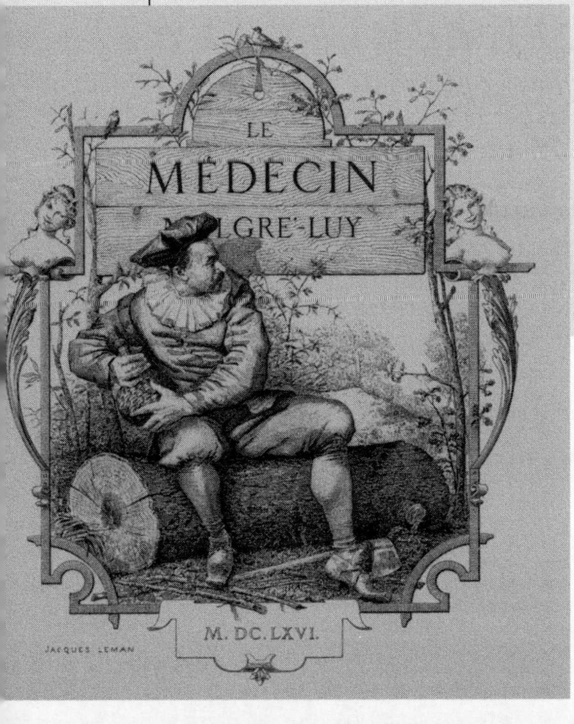

Illustration de Jacques Leman pour *Le Médecin malgré lui*, Émile Testard Éditeur, Paris, 1888, BNF, France, Paris.

Le Médecin malgré lui

Les personnages

SGANARELLE[1], *mari de Martine*

MARTINE, *femme de Sganarelle*

MONSIEUR ROBERT, *voisin de Sganarelle*

VALÈRE, *domestique de Géronte*

LUCAS, *mari de Jacqueline*

GÉRONTE, *père de Lucinde*

JACQUELINE, *nourrice chez Géronte et femme de Lucas*

LUCINDE, *fille de Géronte*

LÉANDRE, *amant de Lucinde*

THIBAUT, *père de Perrin*

PERRIN, *fils de Thibaut, paysan*

La scène est à la campagne[2].

On doit prévoir comme accessoires : du bois, une grande bouteille, deux battes, trois chaises, un morceau de fromage, des jetons, une bourse.

1. Molière, qui le premier interpréta la rôle, portait : « pourpoint, haut-de-chausses, col, ceinture, fraise et bas de laine et escarcelle, le tout de serge jaune garni de padoue ; une robe de satin avec un haut-de-chausses de velours ras ciselé ».
2. Le décor varie dans cette pièce et l'unité de lieu est mal respectée. Le premier acte se déroule dans une clairière, les deux suivants dans la maison de Géronte. À l'origine, Molière avait prévu une toile peinte très longue qui représentait ces différents lieux. Selon les besoins, les acteurs jouaient devant tel ou tel morceau de la toile.

Acte premier

Une forêt près de la maison de Sganarelle.

Scène première

SGANARELLE, MARTINE,
paraissant sur le théâtre en se querellant.

SGANARELLE. – Non, je te dis que je n'en veux rien faire, et que c'est à moi de parler et d'être le maître.

MARTINE. – Et je te dis, moi, que je veux que tu vives à ma fantaisie, et que je ne me suis point mariée avec toi pour souffrir tes fredaines[1].

SGANARELLE. – Oh ! la grande fatigue que d'avoir une femme ! et qu'Aristote[2] a bien raison, quand il dit qu'une femme est pire qu'un démon !

MARTINE. – Voyez un peu l'habile[3] homme, avec son benêt[4] d'Aristote.

SGANARELLE. – Oui, habile homme. Trouve-moi un faiseur de fagots[5] qui sache, comme moi, raisonner des choses, qui ait servi six ans un fameux médecin, et qui ait su dans son jeune âge son rudiment[6] par cœur.

MARTINE. – Peste du fou fieffé[7].

SGANARELLE. – Peste de la carogne[8] !

MARTINE. – Que maudits soient l'heure et le jour où je m'avisai d'aller dire oui !

1. Supporter tes folies.
2. Philosophe grec du IVe siècle av. J.-C. La citation qui lui est attribuée est en fait une invention de Sganarelle.
3. Savant.
4. Sot.
5. Au sens propre, « fagots » désigne une botte de bois. Au sens figuré, il signifie « sornettes », « bêtises ». Le « faiseur de fagots » est un bûcheron et/ou quelqu'un qui raconte des sornettes.
6. Livret contenant les bases grammaticales du latin (et, par extension, de presque toutes les autres sciences).
7. Parfait.
8. Insulte ; on dirait plutôt charogne.

SGANARELLE. – Que maudit soit le bec[9] cornu de notaire[10] qui me fit signer ma ruine !

MARTINE. – C'est bien à toi, vraiment, à te plaindre de cette affaire ! Devrais-tu être un seul moment sans rendre grâces au ciel de m'avoir pour ta femme ? et méritais-tu d'épouser une femme comme moi ?

SGANARELLE. – Il est vrai que tu me fis trop d'honneur, et que j'eus lieu de me louer la première nuit de nos noces ! Eh ! morbleu[11] ! ne me fais point parler là-dessus : je dirais de certaines choses...

MARTINE. – Quoi ! que dirais-tu ?

SGANARELLE. – Baste[12], laissons là ce chapitre. Il suffit que nous savons ce que nous savons, et que tu fus bien heureuse de me trouver.

MARTINE. – Qu'appelles-tu bien heureuse de te trouver ? Un homme qui me réduit à l'hôpital[13], un débauché[14], un traître, qui me mange tout ce que j'ai ?...

SGANARELLE. – Tu as menti ; j'en bois une partie.

MARTINE. – Qui me vend, pièce à pièce, tout ce qui est dans le logis.

SGANARELLE. – C'est vivre de ménage[15].

MARTINE. – Qui m'a ôté jusqu'au lit que j'avais !...

SGANARELLE. – Tu t'en lèveras plus matin.

MARTINE. – Enfin qui ne laisse aucun meuble dans toute la maison.

SGANARELLE. – On en déménage plus aisément.

9. De l'italien *becco* qui signifie bouc.
10. À cette époque, on se mariait devant le notaire.
11. « Par la mort de Dieu », juron.
12. Assez.
13. L'hôpital était réservé à cette époque aux gens qui n'avaient pas d'argent.
14. Un être sans morale.
15. Cette expression a deux sens ici : « vivre de manière économe », mais aussi « vivre en vendant des objets de ménage ».

MARTINE. – Et qui, du matin jusqu'au soir, ne fait que jouer et que boire !

SGANARELLE. – C'est pour ne me point ennuyer.

MARTINE. – Et que veux-tu, pendant ce temps, que je fasse avec ma famille ?

SGANARELLE. – Tout ce qui te plaira.

MARTINE. – J'ai quatre pauvres petits enfants sur les bras…

SGANARELLE. – Mets-les à terre.

MARTINE. – Qui me demandent à toute heure du pain.

SGANARELLE. – Donne-leur le fouet. Quand j'ai bien bu et bien mangé, je veux que tout le monde soit saoul[16] dans ma maison.

MARTINE. – Et tu prétends, ivrogne, que les choses aillent toujours de même ?

SGANARELLE. – Ma femme, allons tout doucement, s'il vous plaît.

MARTINE. – Que j'endure éternellement tes insolences et tes débauches ?

SGANARELLE. – Ne nous emportons point, ma femme.

MARTINE. – Et que je ne sache pas trouver le moyen de te ranger à ton devoir ?

SGANARELLE. – Ma femme, vous savez que je n'ai pas l'âme endurante[17], et que j'ai le bras assez bon.

MARTINE. – Je me moque de tes menaces !

SGANARELLE. – Ma petite femme, ma mie[18], votre peau vous démange, à votre ordinaire[19].

MARTINE. – Je te montrerai bien que je ne te crains nullement.

16. Rassasié (même de coups de fouet).
17. Je ne suis pas très patient.
18. Mon amie.
19. Comme d'habitude.

Sganarelle. – Ma chère moitié, vous avez envie de me dérober quelque chose[20].

Martine. – Crois-tu que je m'épouvante de tes paroles ?

Sganarelle. – Doux objet de mes vœux, je vous frotterai les oreilles.

Martine. – Ivrogne que tu es !

Sganarelle. – Je vous battrai.

Martine. – Sac à vin !

Sganarelle. – Je vous rosserai[21].

Martine. – Infâme !

Sganarelle. – Je vous étrillerai[22].

Martine. – Traître, insolent, trompeur, lâche, coquin, pendard, gueux, bélître, fripon, maraud[23], voleur !...

Sganarelle, *il prend un bâton et lui en donne.* – Ah ! vous en voulez donc ?

Martine, *criant.* – Ah ! ah ! ah ! ah !

Sganarelle. – Voilà le vrai moyen de vous apaiser.

20. C'est-à-dire une gifle ou des coups de bâton.
21. Je vous battrai violemment.
22. Je vous malmènerai.
23. Série d'insultes : qui mérite d'être pendu, homme de rien, coquin.

Questions

Repérer et analyser

Le titre et la didascalie initiale

On appelle didascalies l'ensemble des indications scéniques concernant la situation de la scène dans la pièce, le décor, les personnages, les mouvements, les attitudes, le ton, etc. Ces didascalies disparaissent lors de la représentation. On appelle didascalie initiale la liste des personnages et les indications qui précèdent la pièce (p. 8).

1 Comment comprenez-vous le titre de la pièce : *Le Médecin malgré lui* ? Que vous laisse-t-il supposer ?

2 Recherchez dans la liste des personnages (p. 8) le lien qui unit Sganarelle et Martine.

3 Où la scène se situe-t-elle ?

L'exposition

On appelle scènes d'exposition les premières scènes d'une pièce de théâtre destinées à fournir au spectateur les informations qui lui sont nécessaires pour comprendre la pièce (personnages, situation, moment et lieu de l'action).

4 À quel milieu social appartiennent Sganarelle et Martine ? Citez le texte à l'appui de votre réponse.

5 Quelles informations le spectateur a-t-il sur Sganarelle ?

Les relations entre les personnages

6 Les personnages se rencontrent-ils au début de la scène ? Justifiez.

7 Qu'exige Martine de Sganarelle ? Faites la liste des injures qu'elle lui adresse.

8 Comment Sganarelle répond-il aux provocations de Martine ?

9 À quel moment de la scène Sganarelle passe-t-il du « tu » au « vous » pour s'adresser à Martine ? Que signifie ce changement ?

10 Relevez quelques exemples de phrases exclamatives. Quels sentiments traduisent-elles ?

Le comique de farce

La farce est une pièce comique où l'auteur utilise des procédés bouffons, de grosses plaisanteries, des jeux de scène, pour faire rire ses spectateurs.
Les procédés comiques les plus fréquents sont dus aux :
- mots : utilisation de mots nouveaux, inventés, déformés, répétés, de calembours, de langages liés à une profession ;
- gestes : coups de bâton, disputes, batailles, apartés, déguisements, irruptions soudaines de personnages jusque-là cachés, exagérations des attitudes ;
- situations : quiproquos et malentendus, actions inattendues ;
- caractères : personnages caricaturaux présentant une manie, un défaut.

11 **a.** Recherchez les procédés comiques que Molière a employés dans cette scène, en donnant à chaque fois un exemple.
b. Quel procédé a-t-il privilégié ?

Étudier la langue

La langue de Molière

12 Donnez un équivalent en français moderne de ces expressions : « à ma fantaisie » (l. 3-4) ; « je m'avisai » (l. 17) ; « laissons là ce chapitre » (l. 30) ; « que j'endure » (l. 60).

S'exprimer

Le portrait

13 En fonction des informations contenues dans la scène, citez le nom d'un ou deux acteurs connus que vous choisiriez pour jouer les rôles de Martine et de Sganarelle.

14 Rédigez, en quatre ou cinq lignes, le portrait physique tel que vous l'imaginez de Martine ou de Sganarelle.

Enquêter

Sganarelle, un personnage de la commedia dell'arte

15 Faites des recherches sur le personnage de Sganarelle : quelles sont son origine et ses caractéristiques ? Ce type de personnage est-il fréquent au théâtre ?

Acte premier

Scène 2

MONSIEUR ROBERT, SGANARELLE, MARTINE.

MONSIEUR ROBERT. – Holà ! holà ! holà ! Fi ! Qu'est ceci ? Quelle infamie ! Peste soit le coquin de battre ainsi sa femme !

MARTINE, *les mains sur les côtés, lui parle en le faisant reculer, et à la fin lui donne un soufflet*[1]. – Et je veux qu'il me batte, moi.

MONSIEUR ROBERT. – Ah ! j'y consens de tout mon cœur.

MARTINE. – De quoi vous mêlez-vous ?

MONSIEUR ROBERT. – J'ai tort.

MARTINE. – Est-ce là votre affaire ?

MONSIEUR ROBERT. – Vous avez raison.

MARTINE. – Voyez un peu cet impertinent, qui veut empêcher les maris de battre leurs femmes !

MONSIEUR ROBERT. – Je me rétracte[2].

MARTINE. – Qu'avez-vous à voir là-dessus ?

MONSIEUR ROBERT. – Rien.

MARTINE. – Est-ce à vous d'y mettre le nez ?

MONSIEUR ROBERT. – Non.

MARTINE. – Mêlez-vous de vos affaires.

MONSIEUR ROBERT. – Je ne dis plus mot.

MARTINE. – Il me plaît d'être battue.

MONSIEUR ROBERT. – D'accord.

MARTINE. – Ce n'est pas à vos dépens.

1. Une gifle.

2. Je retire ce que j'ai dit.

MONSIEUR ROBERT. – Il est vrai.

MARTINE. – Et vous êtes un sot de venir vous fourrer où vous n'avez que faire.

MONSIEUR ROBERT, *il passe ensuite vers le mari, qui pareillement lui parle toujours en le faisant reculer, le frappe avec le même bâton et le met en fuite ; il dit à la fin :* – Compère, je vous demande pardon de tout mon cœur. Faites, rossez, battez comme il faut votre femme ; je vous aiderai si vous le voulez.

SGANARELLE. – Il ne me plaît pas, moi.

MONSIEUR ROBERT. – Ah ! c'est une autre chose.

SGANARELLE. – Je la veux battre, si je le veux ; et ne la veux pas battre, si je ne le veux pas.

MONSIEUR ROBERT. – Fort bien.

SGANARELLE. – C'est ma femme, et non pas la vôtre.

MONSIEUR ROBERT. – Sans doute.

SGANARELLE. – Vous n'avez rien à me commander.

MONSIEUR ROBERT. – D'accord.

SGANARELLE. – Je n'ai que faire de votre aide.

MONSIEUR ROBERT. – Très volontiers.

SGANARELLE. – Et vous êtes un impertinent de vous ingérer des affaires d'autrui[3]. Apprenez que Cicéron[4] dit qu'entre l'arbre et le doigt il ne faut point mettre l'écorce[5]. *(Il bat Monsieur Robert et le chasse. Ensuite il revient vers sa femme, et lui dit, en lui pressant la main :)* Oh çà ! faisons la paix nous deux. Touche là[6].

3. On dirait aujourd'hui « de vous ingérer dans les affaires d'autrui », c'est-à-dire « de vous mêler des affaires d'autrui ».
4. Grand orateur latin du Ier siècle avant J.-C. ; Cicéron n'a jamais rien dit de tel.
5. Le proverbe exact est : « Entre l'arbre et l'écorce, il ne faut pas mettre le doigt. »
6. Touche ma main en signe d'accord et de réconciliation.

MARTINE. – Oui, après m'avoir ainsi battue !

SGANARELLE. – Cela n'est rien, touche.

MARTINE. – Je ne veux pas.

SGANARELLE. – Eh ?

MARTINE. – Non.

SGANARELLE. – Ma petite femme !

MARTINE. – Point.

SGANARELLE. – Allons, te dis-je.

MARTINE. – Je n'en ferai rien.

SGANARELLE. – Viens, viens, viens.

MARTINE. – Non ; je veux être en colère.

SGANARELLE. – Fi ! c'est une bagatelle[7]. Allons, allons.

MARTINE. – Laisse-moi là.

SGANARELLE. – Touche, te dis-je.

MARTINE. – Tu m'as trop maltraitée.

SGANARELLE. – Eh bien, va, je te demande pardon ; mets là ta main.

MARTINE. – Je te pardonne. *(Elle dit le reste bas.)* – Mais tu le payeras.

SGANARELLE. – Tu es une folle de prendre garde à cela : ce sont petites choses qui sont de temps en temps nécessaires dans l'amitié, et cinq ou six coups de bâton, entre gens qui s'aiment, ne font que ragaillardir l'affection. Va, je m'en vais au bois, et je te promets aujourd'hui plus d'un cent de fagots.

7. Ce n'est rien.

Acte premier

Scène 3

MARTINE, *seule*.

Va, quelque mine que je fasse, je n'oublie pas mon ressentiment et je brûle[8] en moi-même de trouver les moyens de te punir des coups que tu me donnes. Je sais bien qu'une femme a toujours dans les mains de quoi se venger d'un mari ; mais c'est une punition trop délicate pour mon pendard : je veux une vengeance qui se fasse un peu mieux sentir ; et ce n'est pas contentement pour l'injure que j'ai reçue[9].

Maquette de décor par A.-L. Carcano (1941). Paris. Bibliothèque de l'Arsenal.

8. J'ai hâte.
9. Et cela ne suffira pas à me faire oublier les coups de bâton que j'ai reçus.

Questions

Repérer et analyser

L'enchaînement et le rythme des scènes

Dans le théâtre du XVIIe siècle, l'entrée et la sortie des personnages indiquent généralement un changement de scène.

1 Quel mot de la première réplique fait allusion à la fin de la scène 1 et assure la transition avec la scène 2 ?

2 À quel moment particulier la scène 2 aurait-elle pu s'interrompre et laisser la place à une scène supplémentaire ?

3 Observez la longueur des répliques dans la scène 2. Quel effet la longueur des répliques a-t-elle sur le rythme de la scène ?

4 **a.** En quoi la scène 3 est-elle un monologue ?
b. Relevez les mots ou expressions qui annoncent la suite de l'action.

Les personnages et leurs relations

5 Comment se nomme le nouveau personnage qui apparaît dans la scène 2 ? Quelle particularité son nom présente-t-il par rapport aux autres noms qui figurent dans la liste des personnages (p. 8) ?

6 Quels sont les reproches que Martine fait à M. Robert dans la scène 2 ? Sont-ils les mêmes que ceux de Sganarelle ?

7 Comment comprenez-vous le « oui » de Martine (l. 48) ?

8 Relevez dans la scène 3 tous les mots qui appartiennent au champ lexical de la vengeance. Pourquoi Martine désire-t-elle se venger ?

9 Lequel des deux époux prend l'initiative d'une réconciliation ? Faites la liste de ses arguments (l. 46 à 71).

Le comique de farce

Le comique de gestes

10 Qui a reçu des coups de bâton dans la scène 1 et dans la scène 2 ? Qui les donne ? En quoi s'agit-il d'un comique de farce ?

Le renversement de situation

Ce procédé consiste à montrer un personnage dans une situation opposée à celle qu'il occupait auparavant. Il est fréquemment utilisé au théâtre, car il provoque l'étonnement et engendre le comique.

11 Combien de renversements de situation observe-t-on dans les scènes 1 et 2 ? Citez le texte à l'appui de votre réponse.

12 En quoi ces renversements de situation sont-ils comiques ?

Les parallélismes d'expression

On appelle parallélisme d'expression des expressions équivalentes qui se répondent comme en écho. Exemple : « J'ai tort » (l. 8) / « Je me rétracte » (l. 13).

13 Trouvez deux autres parallélismes d'expression dans la scène 2. Quel intérêt présente l'utilisation de ce procédé sur le plan théâtral ?

Le paradoxe

Un paradoxe consiste à donner une opinion contraire à l'opinion admise.

14 Citez au moins un paradoxe énoncé dans le texte.

Étudier la langue

Le vocabulaire du XVIIe siècle

15 Donnez le sens des mots suivants : « infamie » (l. 2), « impertinent » (l. 11), « compère » (l. 28), « ragaillardir » (l. 70).

16 Recherchez dans le dictionnaire le sens du mot « coquin » (l. 2) au XVIIe siècle. A-t-il le même sens aujourd'hui ?

S'exprimer

Résumer et argumenter

17 Résumez l'essentiel de l'action.

18 Êtes-vous d'accord avec Sganarelle lorsqu'il dit : « Cinq ou six coups de bâton entre gens qui s'aiment ne font que ragaillardir l'affection » (l. 69-70) ? Donnez un argument pour ou contre.

19 « Entre l'arbre et le doigt il ne faut point mettre l'écorce ». Ce proverbe a été déformé par Sganarelle :

a. Quel est le sens de ce proverbe ?

b. Recopiez le proverbe original (voir note 5, p. 16).

c. Citez un proverbe ou une expression qui reprend la même idée.

d. Racontez en dix lignes une histoire qui pourrait illustrer ce proverbe.

Acte premier

Scène 4

VALÈRE, LUCAS, MARTINE.

LUCAS. – Parguenne[1] ! J'avons pris là tous deux une guèble[2] de commission ; et je ne sais pas, moi, ce que je pensons attraper[3].

VALÈRE. – Que veux-tu, mon pauvre nourricier[4] ? Il faut bien obéir à notre maître : et puis, nous avons intérêt, l'un et l'autre, à la santé de sa fille, notre maîtresse ; et sans doute son mariage, différé par sa maladie, nous vaudrait quelque récompense. Horace, qui est libéral[5], a bonne part aux prétentions qu'on peut avoir sur sa personne[6] ; et, quoiqu'elle ait fait voir de l'amitié[7] pour un certain Léandre, tu sais bien que son père n'a jamais voulu consentir à le recevoir pour son gendre.

MARTINE, *rêvant à part elle.* – Ne puis-je point trouver quelque invention pour me venger ?

LUCAS. – Mais quelle fantaisie s'est-il boutée[8] là dans la tête, puisque les médecins y avont tous pardu leur latin ?

VALÈRE. – On trouve quelquefois, à force de chercher, ce qu'on ne trouve pas d'abord ; et souvent en de simples lieux[9].

MARTINE. – Oui, il faut que je me venge, à quelque prix que ce soit. Ces coups de bâton me reviennent au cœur, je ne les saurais digérer ; et… *(Elle dit tout ceci en rêvant, de sorte que, ne prenant pas garde à ces deux hommes, elle les heurte en se retournant, et leur dit :)* Ah ! Messieurs, je vous demande

1. Atténuation en patois de l'expression : « Je le jure, par Dieu. »
2. Difficile tâche.
3. Nous pouvons espérer.
4. Mari de la nourrice, Jacqueline, qui s'occupe d'un petit enfant de Géronte.
5. Généreux.
6. Est bien placé parmi les prétendants de Lucinde.
7. Amour.
8. Mise.
9. En des lieux modestes, peu fréquentés par les gens riches.

pardon ; je ne vous voyais pas, et cherchais dans ma tête quelque chose qui m'embarrasse.

VALÈRE. – Chacun a ses soins dans le monde, et nous cherchons aussi ce que nous voudrions bien trouver.

MARTINE. – Serait-ce quelque chose où je vous puisse aider ?

VALÈRE. – Cela se pourrait faire ; et nous tâchons de rencontrer quelque habile homme, quelque médecin particulier[10] qui pût donner quelque soulagement à la fille de notre maître, attaquée d'une maladie qui lui a ôté tout d'un coup l'usage de la langue. Plusieurs médecins ont déjà épuisé toute leur science après elle ; mais on trouve parfois des gens avec des secrets admirables, de certains remèdes particuliers, qui font le plus souvent ce que les autres n'ont su faire ; et c'est là ce que nous cherchons.

MARTINE *(Elle dit ces deux premières lignes bas.)* – Ah ! que le ciel m'inspire une admirable invention pour me venger de mon pendard. *(Haut.)* Vous ne pouviez jamais vous mieux adresser pour rencontrer ce que vous cherchez ; et nous avons ici un homme, le plus merveilleux homme du monde pour les maladies désespérées.

VALÈRE. – Et, de grâce, où pouvons-nous le rencontrer ?

MARTINE. – Vous le trouverez maintenant vers ce petit lieu que voilà, qui s'amuse à couper du bois.

LUCAS. – Un médecin qui coupe du bois !

VALÈRE. – Qui s'amuse à cueillir des simples[11], voulez-vous dire ?

MARTINE. – Non ; c'est un homme extraordinaire qui se plaît à cela, fantasque, bizarre, quinteux[12], et que vous ne prendriez jamais pour ce qu'il est. Il va vêtu d'une façon extravagante, affecte quelquefois de paraître ignorant, tient sa science

10. D'une espèce particulière.
11. Plantes médicinales.
12. Bizarre (au sens propre : qui a des quintes de toux).

renfermée, et ne fuit rien tant tous les jours que d'exercer les merveilleux talents qu'il a eus du Ciel pour la médecine.

VALÈRE. – C'est une chose admirable que tous les grands hommes ont toujours du caprice, quelque petit grain de folie mêlé à leur science.

MARTINE. – La folie de celui-ci est plus grande qu'on ne peut croire, car elle va parfois jusqu'à vouloir être battu pour demeurer d'accord de[13] sa capacité; et je vous donne avis[14] que vous n'en viendrez pas à bout, qu'il n'avouera jamais qu'il est médecin, s'il se le met en fantaisie[15], que[16] vous ne preniez chacun un bâton, et ne le réduisiez[17], à force de coups, à vous confesser à la fin ce qu'il vous cachera d'abord. C'est ainsi que nous en usons quand nous avons besoin de lui.

VALÈRE. – Voilà une étrange folie !

MARTINE. – Il est vrai; mais, après cela, vous verrez qu'il fait des merveilles.

VALÈRE. – Comment s'appelle-t-il ?

MARTINE. – Il s'appelle Sganarelle. Mais il est aisé à connaître[18] : c'est un homme qui a une large barbe noire, et qui porte une fraise[19], avec un habit jaune et vert.

LUCAS. – Un habit jaune et vart ! C'est donc le médecin des paroquets ?

VALÈRE. – Mais est-il bien vrai qu'il soit si habile que vous le dites ?

MARTINE. – Comment ! c'est un homme qui fait des miracles. Il y a six mois qu'une femme fut abandonnée de tous les autres médecins: on la tenait morte il y avait déjà six heures, et l'on se disposait à l'ensevelir, lorsqu'on y fit venir de force l'homme

13. Avouer.
14. Et je vous avertis.
15. S'il lui en prend la fantaisie.
16. À moins que…
17. Forciez.
18. Reconnaître.
19. Collerette large et plissée.

dont nous parlons. Il lui mit, l'ayant vue, une petite goutte de je ne sais quoi dans la bouche ; et, dans le même instant, elle se leva de son lit et se mit aussitôt à se promener dans sa chambre comme si de rien n'eût été.

LUCAS. – Ah !

VALÈRE. – Il fallait que ce fût quelque goutte d'or potable[20].

MARTINE. – Cela pourrait bien être. Il n'y a pas trois semaines encore qu'un jeune enfant de douze ans tomba du haut du clocher en bas, et se brisa sur le pavé la tête, les bras et les jambes. On n'y eut pas plus tôt amené notre homme, qu'il le frotta par tout le corps d'un certain onguent[21] qu'il sait faire ; et l'enfant aussitôt se leva sur ses pieds et courut jouer à la fossette[22].

LUCAS. – Ah !

VALÈRE. – Il faut que cet homme-là ait la médecine universelle[23].

MARTINE. – Qui en doute ?

LUCAS. – Testigué[24] ! vela justement l'homme qu'il nous faut. Allons vite le chercher.

VALÈRE. – Nous vous remercions du plaisir que vous nous faites.

MARTINE. – Mais souvenez-vous bien au moins de l'avertissement que je vous ai donné.

LUCAS. – Eh ! morguenne[25] ! laissez-nous faire : s'il ne tient qu'à battre, la vache est à nous.

Valère, *à Lucas*. – Nous sommes bien heureux d'avoir fait cette rencontre ; et j'en conçois, pour moi, la meilleure espérance du monde.

20. Il existait une potion à base d'or potable au XVIIe siècle. Ces pratiques remontent sans doute aux alchimistes qui tentaient de transformer le plomb en or.
21. Pommade.
22. Jeu qui consiste à lancer des billes dans un petit trou, une petite « fosse ».
23. Un remède pour toutes les maladies.
24. Abréviation pour « tête de Dieu », juron.
25. Comme « morbleu », juron pour « par la mort de Dieu ».

Questions

Repérer et analyser

La situation d'énonciation

Identifier la situation d'énonciation, c'est se demander qui a produit l'énoncé (énonciateur), à qui l'énoncé est destiné (destinataire), dans quelles circonstances (où et quand) cet énoncé a été produit.
Au théâtre, les répliques prononcées par les personnages s'adressent aussi au public : on dit qu'il y a double énonciation. Il arrive qu'un personnage prononce une réplique à part (aparté) : cette réplique est censée ne pas être entendue par les autres personnages mais être entendue seulement par le public.

1 Qui sont les deux nouveaux personnages ? Quel est leur métier ? Identifiez leur niveau de langage.

2 **a.** Relevez les apartés. Qui les prononce ? À qui sont-ils destinés ?
b. Sur quel ton doivent-ils être prononcés ?
c. Quel est l'effet produit sur le public par l'utilisation des apartés ?

L'exposition

3 De quels nouveaux personnages le spectateur entend-il parler ? Quelles nouvelles informations apprend-il sur leur situation ?

L'action

4 Montrez en citant le texte que la première réplique de Martine permet d'enchaîner cette scène à la précédente.

5 **a.** À quel moment de la scène la vengeance de Martine se précise-t-elle ? En quoi consiste-t-elle ?
b. Par quelles anecdotes Martine illustre-t-elle le prétendu génie de Sganarelle ?

6 Rapprochez le contenu de cette scène et le titre de la pièce. Que vous laisse deviner ce rapprochement pour la suite de l'action ?

Le comique de farce

Le comique de mots

7 – « J'avons pris là tous deux… », « je pensons attraper » (l. 1 et 3).
– « Les médecins y avont tous pardu leur latin » (l. 15).
– « Un habit jaune et vart ! C'est donc le médecin des paroquets » (l. 73-74).

– « Vela justement l'homme » (l. 98).
a. Quel personnage s'exprime en patois ?
b. Donnez les équivalents de ces expressions dans le langage courant.
c. En vous appuyant sur ces expressions, relevez les déformations et les fautes d'accord.

Le comique de gestes

8 À quel type de comique les coups de bâton renvoient-ils ?

9 Pourquoi Martine tient-elle tant à parler de coups de bâton ?

La mise en scène

10 Repérez les didascalies qui aident à la mise en scène.
a. Quels types d'informations apportent-elles ? (Voir la leçon, p. 13)
b. La scène pourrait-elle se comprendre sans ces didascalies ?

S'exprimer

L'imitation

11 Imaginez en cinq lignes un troisième « miracle » que le prétendu médecin Sganarelle aurait fait. Vous ferez raconter ce prodige par :
a. Martine ;
b. Lucas.

Enquêter

La médecine au temps de Molière

12 À l'aide de documents que vous rechercherez au Centre de documentation et d'information ou dans la bibliothèque de votre ville, vous rassemblerez une documentation sur l'un des points suivants : les médecins au XVIIe siècle ; les guérisseurs et charlatans ; la sorcellerie au XVIIe siècle.
Vous en ferez une synthèse que vous présenterez oralement à vos camarades pendant cinq minutes.

Acte premier

Scène 5

SGANARELLE, VALÈRE, LUCAS.

SGANARELLE *entre sur le théâtre en chantant et tenant une bouteille.* – La, la, la…

VALÈRE. – J'entends quelqu'un qui chante, et qui coupe du bois.

SGANARELLE. – La, la, la… Ma foi, c'est assez travaillé pour boire un coup. Prenons un peu d'haleine. *(Il boit et dit après avoir bu :)* Voilà du bois qui est salé[1] comme tous les diables. *(Il chante.)*

Qu'ils sont doux,
Bouteille jolie,
Qu'ils sont doux,
Vos petits glouglous !
Mais mon sort ferait bien des jaloux,
Si vous étiez toujours remplie.
Ah ! bouteille, ma mie,
Pourquoi vous videz-vous ? [2]

Allons, morbleu ! il ne faut point engendrer de mélancolie.

VALÈRE, *bas, à Lucas.* – Le voilà lui-même.

LUCAS, *bas, à Valère.* – Je pense que vous dites vrai, et que j'avons bouté le nez dessus.

VALÈRE. – Voyons de près.

SGANARELLE, *les apercevant, les regarde en se tournant vers l'un puis vers l'autre, et abaissant sa voix, dit en embrassant sa bouteille.* – Ah ! ma petite friponne ! que je t'aime, mon petit bouchon ! *(Il chante.)*

1. Si salé qu'il donne soif.

2. Musique de Lully.

Mais mon sort... ferait... bien des jaloux,
Si...

Que diable ! à qui en veulent ces gens-là ?

VALÈRE, *à Lucas.* – C'est lui assurément.

LUCAS, *à Valère.* – Le vela tout craché comme on nous l'a défiguré[3].

SGANARELLE, *à part.* – *(Ici, il pose sa bouteille à terre et, Valère se baissant pour le saluer, comme il croit que c'est à dessein*[4] *de la prendre, il la met de l'autre côté ; en suite de quoi, Lucas faisant la même chose, il la reprend et la tient contre son estomac, avec divers gestes qui font un grand jeu de théâtre.)* Ils consultent[5] en me regardant. Quel dessein auraient-ils ?

VALÈRE. – Monsieur, n'est-ce pas vous qui vous appelez Sganarelle ?

SGANARELLE. – Eh ! quoi ?

VALÈRE. – Je vous demande si ce n'est pas vous qui se nomme Sganarelle.

SGANARELLE, *se tournant vers Valère, puis vers Lucas.* – Oui et non, selon ce que vous lui voulez.

VALÈRE. – Nous ne voulons que lui faire toutes les civilités[6] que nous pourrons.

SGANARELLE. – En ce cas, c'est moi qui se nomme Sganarelle.

VALÈRE. – Monsieur, nous sommes ravis de vous voir. On nous a adressés à vous pour ce que nous cherchons ; et nous venons implorer votre aide, dont nous avons besoin.

SGANARELLE. – Si c'est quelque chose, Messieurs, qui dépende de mon petit négoce[7], je suis tout prêt à vous rendre service.

3. Dépeint, décrit.
4. Dans l'intention.
5. Ils s'entretiennent, ils délibèrent.
6. Politesses.
7. Commerce de bois.

VALÈRE. – Monsieur, c'est trop de grâce que vous nous faites. Mais, Monsieur, couvrez-vous[8], s'il vous plaît ; le soleil pourrait vous incommoder.

LUCAS. – Monsieu, boutez dessus.

SGANARELLE, *à part.* – Voici des gens bien pleins de cérémonie. *(Il se couvre.)*

VALÈRE. – Monsieur, il ne faut pas trouver étrange que nous venions à vous : les habiles gens sont toujours recherchés, et nous sommes instruits de votre capacité.

SGANARELLE. – Il est vrai, Messieurs, que je suis le premier homme du monde pour faire des fagots.

VALÈRE. – Ah ! Monsieur !

SGANARELLE. – Je n'y épargne aucune chose, et les fais d'une façon qu'il n'y a rien à dire.

VALÈRE. – Monsieur, ce n'est pas cela dont il est question.

SGANARELLE. – Mais aussi je les vends cent dix sols[9] le cent.

VALÈRE. – Ne parlons point de cela, s'il vous plaît.

SGANARELLE. – Je vous promets que je ne saurais les donner à moins.

VALÈRE. – Monsieur, nous savons les choses.

SGANARELLE. – Si vous savez les choses, vous savez que je les vends cela.

VALÈRE. – Monsieur, c'est se moquer que…

SGANARELLE. – Je ne me moque point, je n'en puis rien rabattre[10].

VALÈRE. – Parlons d'autre façon, de grâce.

8. Remettez votre chapeau.
9. Ancienne monnaie valant douze deniers.
10. Je ne puis point faire un meilleur prix.

SGANARELLE. – Vous en pourrez trouver autre part à moins : il y a fagots et fagots ; mais pour ceux que je fais...

VALÈRE. – Eh ! Monsieur, laissons là ce discours[11].

SGANARELLE. – Je vous jure que vous ne les auriez pas, s'il s'en fallait un double[12].

VALÈRE. – Eh ! fi !

SGANARELLE. – Non, en conscience ; vous en payerez cela. Je vous parle sincèrement, et ne suis pas homme à surfaire[13].

VALÈRE. – Faut-il, Monsieur, qu'une personne comme vous s'amuse à ces grossières feintes, s'abaisse à parler de la sorte ! qu'un homme si savant, un fameux médecin comme vous êtes, veuille se déguiser aux yeux du monde, et tenir enterrés les beaux talents qu'il a !

SGANARELLE, *à part*. – Il est fou.

VALÈRE. – De grâce, Monsieur, ne dissimulez point avec nous.

SGANARELLE. – Comment ?

LUCAS. – Tout ce tripotage ne sart de rian ; je savons ce que je savons.

SGANARELLE. – Quoi donc ! que me voulez-vous dire ? Pour qui me prenez-vous ?

VALÈRE. – Pour ce que vous êtes, pour un grand médecin.

SGANARELLE. – Médecin vous-même ; je ne le suis point, et je ne l'ai jamais été.

VALÈRE, *bas*. – Voilà sa folie qui le tient. *(Haut.)* Monsieur, ne veuillez point nier les choses davantage ; et n'en venons point, s'il vous plaît, à de fâcheuses extrémités.

SGANARELLE. – À quoi donc ?

11. Conversation.
12. Si vous me donniez un double (c'est-à-dire deux deniers de moins).
13. Fixer un prix très élevé.

VALÈRE. – À de certaines choses dont nous serions marris[14].

SGANARELLE. – Parbleu ! venez-en à tout ce qu'il vous plaira ; je ne suis point médecin, et ne sais ce que vous me voulez dire.

VALÈRE, *bas*. – Je vois bien qu'il faut se servir du remède. *(Haut.)* Monsieur, encore un coup, je vous prie d'avouer ce que vous êtes.

LUCAS. – Eh ! testigué ! ne lantiponez[15] point davantage, et confessez à la franquette[16] que v's êtes médecin.

SGANARELLE, *à part*. – J'enrage !

VALÈRE. – À quoi bon nier ce qu'on sait ?

LUCAS. – Pourquoi toutes ces fraimes-là[17] ? À quoi est-ce que ça vous sart ?

SGANARELLE. – Messieurs, en un mot autant qu'en deux mille, je vous dis que je ne suis point médecin.

VALÈRE. – Vous n'êtes point médecin ?

SGANARELLE. – Non.

LUCAS. – V'n'êtes pas médecin ?

SGANARELLE. – Non, vous dis-je !

VALÈRE. – Puisque vous le voulez, il faut donc s'y résoudre. *(Ils prennent un bâton et le frappent.)*

SGANARELLE. – Ah ! Ah ! Messieurs ! je suis tout ce qu'il vous plaira.

VALÈRE. – Pourquoi, Monsieur, nous obligez-vous à cette violence ?

LUCAS. – À quoi bon nous bailler[18] la peine de vous battre ?

VALÈRE. – Je vous assure que j'en ai tous les regrets du monde.

14. Désolés.
15. Ne perdez pas plus de temps.
16. Sans façon.
17. Ces manières-là.
18. Donner.

LUCAS. – Par ma figué[19] ! j'en sis fâché franchement.

SGANARELLE. – Que diable est ceci, Messieurs ? De grâce, est-ce pour rire ou si tous deux vous extravaguez, de vouloir que je sois médecin ?

VALÈRE. – Quoi ! vous ne vous rendez pas encore, et vous vous défendez d'être médecin ?

SGANARELLE. – Diable emporte si je le suis !

LUCAS. – Il n'est pas vrai qu'ous sayez médecin ?

SGANARELLE. – Non, la peste m'étouffe ! *(Là, ils recommencent de le battre.)* Ah ! ah ! Eh bien, Messieurs, oui, puisque vous le voulez, je suis médecin, je suis médecin ; apothicaire[20] encore, si vous le trouvez bon. J'aime mieux consentir à tout que de me faire assommer.

Illustration de M. Leloir pour *Le Médecin malgré lui*, Librairie des Bibliophiles, Paris, 1879.

19. Par ma foi. | **20.** Au XVIIe siècle, pharmacien ou infirmier.

VALÈRE. – Ah ! voilà qui va bien, Monsieur : je suis ravi de vous voir raisonnable.

LUCAS. – Vous me boutez la joie au cœur, quand je vous vois parler comme ça.

VALÈRE. – Je vous demande pardon de toute mon âme.

LUCAS. – Je vous demandons excuse de la libarté que j'avons prise.

SGANARELLE, *à part*. – Ouais ! serait-ce bien moi qui me tromperais, et serais-je devenu médecin sans m'en être aperçu ?

VALÈRE. – Monsieur, vous ne vous repentirez pas de nous montrer ce que vous êtes ; et vous verrez assurément que vous en serez satisfait.

SGANARELLE. – Mais, Messieurs, dites-moi, ne vous trompez-vous point vous-mêmes ? Est-il bien assuré que je sois médecin ?

LUCAS. – Oui, par ma figué !

SGANARELLE. – Tout de bon ?

VALÈRE. – Sans doute.

SGANARELLE. – Diable emporte si je le savais !

VALÈRE. – Comment ! vous êtes le plus habile médecin du monde.

SGANARELLE. – Ah ! ah !

LUCAS. – Un médecin qui a guéri je ne sais combien de maladies.

SGANARELLE. – Tudieu !

VALÈRE. – Une femme était tenue pour morte il y avait six heures ; elle était prête à ensevelir, lorsque, avec une goutte de quelque chose, vous la fîtes revenir et marcher d'abord par la chambre.

SGANARELLE. – Peste !

LUCAS. – Un petit enfant de douze ans se laissit choir du haut d'un clocher, de quoi il eut la tête, les jambes et les bras cassés : et vous, avec je ne sais quel onguent, vous fîtes qu'aussitôt il se relevit sur ses pieds, et s'en fut jouer à la fossette.

SGANARELLE. – Diantre !

VALÈRE. – Enfin, Monsieur, vous aurez contentement avec nous et vous gagnerez ce que vous voudrez, en vous laissant conduire où nous prétendons vous mener.

SGANARELLE. – Je gagnerai ce que je voudrai ?

VALÈRE. – Oui.

SGANARELLE. – Ah ! je suis médecin, sans contredit. Je l'avais oublié ; mais je m'en ressouviens. De quoi est-il question ? Où faut-il se transporter ?

VALÈRE. – Nous vous conduirons. Il est question d'aller voir une fille qui a perdu la parole.

SGANARELLE. – Ma foi, je ne l'ai pas trouvée.

VALÈRE, *bas, à Lucas.* – Il aime à rire. *(À Sganarelle.)* Allons, Monsieur.

SGANARELLE. – Sans une robe de médecin ?

VALÈRE. – Nous en prendrons une.

SGANARELLE, *présentant sa bouteille à Valère.* – Tenez cela, vous : voilà où je mets mes juleps[21]. *(Puis se tournant vers Lucas en crachant.)* Vous, marchez là-dessus, par ordonnance du médecin.

LUCAS. – Palsanguenne[22] ! velà un médecin qui me plaît ; je pense qu'il réussira, car il est bouffon[23].

21. Potions, élixirs.
22. « Par le sang de Dieu », juron.
23. Plaisant, amusant.

Questions

Repérer et analyser

La progression du dialogue

1 Établissez le lien entre cette scène et la scène précédente.

2 Quels sont les deux arguments qui transforment définitivement Sganarelle en médecin ? Que lui manque-t-il pour que la métamorphose soit pleinement réussie ?

3 Les miracles décrits par Martine dans la scène 4 sont rapportés ici par Valère (l. 168 à 171) et Lucas (l. 173 à 176).

a. Que retiennent ces deux derniers personnages des récits de Martine ?

b. Sur quel ton les racontent-ils ?

c. Quel effet ces récits produisent-ils sur Sganarelle ? sur le public ?

4 À votre avis, à la fin de la scène :

- Sganarelle doute-t-il vraiment de son identité ? Citez le texte ;
- Est-il si convaincu qu'il peut réaliser des guérisons miraculeuses ?

Le personnage de Sganarelle

5 Quelle première image Sganarelle donne-t-il de lui au début de la scène ?

6 **a.** Relevez dans les lignes 8 à 15 les marques d'affection que Sganarelle porte à sa bouteille de vin.

b. Pourquoi ces lignes ont-elles une présentation typographique différente ?

7 Comment interprétez-vous la réplique : « Oui et non, selon ce que vous lui voulez » (l. 42-43) ?

8 Quelle est la conduite de Sganarelle sous les coups de bâton ? Que révèle cette conduite sur son caractère ? Retrouve-t-on le Sganarelle des deux premières scènes ?

Le comique de farce

Le quiproquo

Le quiproquo (ou malentendu) naît d'une erreur qui fait qu'on prend une personne ou une chose pour une autre. Le quiproquo est fréquent dans les comédies du XVIIe siècle ; il est un des ressorts de l'action et un des éléments du comique.

9 À partir de quelle réplique et jusqu'où peut-on parler de quiproquo entre Valère et Lucas d'un côté, et Sganarelle de l'autre ?
10 En quoi consiste le quiproquo ? Résumez-le en quelques lignes.
11 La technique du quiproquo :
a. Quels termes vagues employés par Valère rendent-ils ce quiproquo possible ?
b. Pourquoi Valère ne parle-t-il pas plus clairement ?
c. À quel moment Sganarelle se rend-il compte qu'il y a quiproquo ?
12 Quel est l'intérêt comique d'un tel procédé ?

Le comique de gestes

13 Quels mouvements Sganarelle effectue-t-il avec sa bouteille ? Pourquoi change-t-il ainsi de place sa bouteille (l. 4 à 36) ?
14 Quelle est l'autre forme de comique de gestes privilégiée dans cette scène ?

Étudier la langue

La langue et le style de Molière

15 « Défiguré » (l. 30) : quel sens a ce mot aujourd'hui ? Quel sens a-t-il dans la pièce ?
16 « Je vous demande si ce n'est pas vous qui se nomme Sganarelle » (l. 40-41).
a. Quelle particularité cette phrase comporte-t-elle ? Rétablissez-la dans un français plus moderne.
b. Recherchez dans la suite du texte une construction de ce type et transformez-la.
17 « Civilités » (l. 44) : donnez le sens de ce mot.
Trouvez un autre mot de la même famille, puis faites une phrase.
18 Substituez aux expressions suivantes des expressions plus actuelles :
- « je n'en puis rien rabattre » (l. 75-76) ;
- « il faut donc s'y résoudre » (l. 123) ;
- « vous extravaguez » (l. 133).

Faire le point sur l'acte I

Le lieu

19 Dans quel lieu l'action se déroule-t-elle dans ce premier acte ?

L'exposition

20 Résumez en quelques lignes ce que le public apprend dans les quatre scènes d'exposition sur la situation initiale.

Les personnages

21 Dans un tableau récapitulatif sur le modèle suivant, précisez ce que le public apprend des différents personnages.

Nom des personnages	Apparaît dans les scènes*					Relations avec autres personnages (association/opposition)
	1	2	3	4	5	
Sganarelle	X	X		X	X	
Martine	X	X	X	X		
M. Robert	X	X				
Valère				X	X	
Lucas				X	X	

* Mettez une croix dans la bonne case.

22 De quels personnages, qui ne sont pas apparus sur scène, le public a-t-il entendu parler ? Quelles relations entretiennent-ils avec les autres personnages ?

L'action

23 Résumez en quelques lignes la situation à la fin de l'acte.

Les procédés comiques

24 Quels procédés comiques Molière a-t-il utilisés le plus ?

25 En quoi cet acte relève-t-il du comique de farce ?

Acte II

Une chambre de la maison de Géronte.

Scène première

GÉRONTE, VALÈRE, LUCAS, JACQUELINE.

VALÈRE. – Oui, Monsieur, je crois que vous serez satisfait ; et nous vous avons amené le plus grand médecin du monde.

LUCAS. – Oh ! morguenne ! il faut tirer l'échelle après ceti-là, et tous les autres ne sont pas daignes de li déchausser ses souillez[1].

VALÈRE. – C'est un homme qui a fait des cures merveilleuses.

LUCAS. – Qui a gari des gens qui estiants morts.

VALÈRE. – Il est un peu capricieux, comme je vous ai dit ; et, parfois, il a des moments où son esprit s'échappe, et ne paraît pas ce qu'il est.

LUCAS. – Oui, il aime à bouffonner[2], et l'an dirait parfois, ne v's en déplaise, qu'il a quelque petit coup de hache à la tête[3].

VALÈRE. – Mais, dans le fond, il est tout science et bien souvent il dit des choses tout à fait relevées[4].

LUCAS. – Quand il s'y boute[5], il parle tout fin drait[6] comme s'il lisait dans un livre.

VALÈRE. – Sa réputation s'est déjà répandue ici ; et tout le monde vient à lui.

GÉRONTE. – Je meurs d'envie de le voir ; faites-le moi vite venir.

VALÈRE. – Je vais le quérir[7].

1. D'être ses valets.
2. Faire le fou.
3. Il est fou.
4. D'un haut niveau intellectuel.
5. Met.
6. Tout à fait.
7. Chercher.

JACQUELINE. – Par ma fi[8], Monsieur, ceti-ci fera justement ce qu'ant fait les autres. Je pense que ce sera queussi queumi[9], et la meilleure médeçaine que l'an pourrait bailler[10] à votre fille, ce serait, selon moi, un biau et bon mari, pour qui alle eût de l'amiquié[11].

GÉRONTE. – Ouais ! Nourrice, ma mie, vous vous mêlez de bien des choses !

LUCAS. – Taisez-vous, notre minagère[12] Jaquelaine ; ce n'est pas à vous à bouter là votre nez.

JACQUELINE. – Je vous dis et vous douze[13] que tous ces médecins n'y feront rian que de l'iau claire[14], que votre fille a besoin d'autre chose que de ribarbe et de séné[15] et qu'un mari est un emplâtre[16] qui garit tous les maux des filles.

GÉRONTE. – Est-elle en état maintenant qu'on s'en voulût charger[17], avec l'infirmité qu'elle a ? Et lorsque j'ai été dans le dessein de la marier, ne s'est-elle pas opposée à mes volontés ?

JACQUELINE. – Je le crois bian ; vous l'y vouilliez bailler cun[18] homme qu'alle n'aime point. Que ne preniais-vous ce Monsieur Liandre, qui li touchait au cœur ? Alle aurait été fort obéissante ; et je m'en vas gager[19] qu'il la prendrait, li, comme alle est, si vous la li voulliez donner.

GÉRONTE. – Ce Léandre n'est pas ce qu'il lui faut ; il n'a pas du bien[20] comme l'autre.

JACQUELINE. – Il a cun oncle qui est si riche, dont il est hériquié[21].

8. Par ma foi.
9. Tout à fait la même chose.
10. Donner.
11. Amour.
12. Femme qui tient le ménage.
13. Jeu de mots entre les deux nombres « dix » et « douze ».
14. Rien de plus que ne ferait de l'eau claire.
15. Deux plantes purgatives très employées au XVIIe siècle.
16. Médicament pâteux qu'on applique sur la peau.
17. Que quelqu'un veuille l'épouser.
18. Un.
19. Parier.
20. De la fortune.
21. Héritier.

GÉRONTE. – Tous ces biens à venir me semblent autant de chansons[22]. Il n'est rien tel que ce qu'on tient ; et l'on court grand risque de s'abuser, lorsque l'on compte sur le bien qu'un autre vous garde. La mort n'a pas toujours les oreilles ouvertes aux vœux et aux prières de Messieurs les héritiers ; et l'on a le temps d'avoir les dents longues[23], lorsqu'on attend, pour vivre, le trépas[24] de quelqu'un.

JACQUELINE. – Enfin, j'ai toujours ouï[25] dire qu'en mariage, comme ailleurs, contentement passe richesse[26]. Les bères[27] et les mères ant cette maudite couteume de demander toujours : « Qu'a-t-il ? » et « Qu'a-t-elle ? » et le compère Biarre a marié sa fille Simonette au gros Thomas pour un quarquié de vaigne qu'il avait davantage[28] que le jeune Robin, où elle avait bouté son amiquié ; et velà que la pauvre creiature en est devenue jaune comme un coing, et n'a pas profité tout[29] depuis ce temps-là. C'est un bel exemple pour vous, Monsieur. On n'a que son plaisir en ce monde ; et j'aimerais mieux bailler à ma fille un bon mari qui li fût agriable, que toutes les rentes de la Biausse[30].

GÉRONTE. – Peste ! Madame la nourrice, comme vous dégoisez[31]. Taisez-vous, je vous prie ; vous prenez trop de soin[32] et vous échauffez votre lait.

LUCAS, *en disant ceci, il frappe sur la poitrine de Géronte.* – Morgué ! tais-toi, t'es cune impartinante. Monsieu n'a que faire de tes discours, et il sait ce qu'il a à faire. Mêle-toi de donner à téter à ton enfant, sans tant faire la raisonneuse. Monsieu est le père de sa fille ; et il est bon et sage pour voir ce qu'il li faut.

22. Paroles en l'air.
23. Les dents sont censées pousser lorsqu'on ne s'en sert pas pour manger. Ici, l'expression signifie « avoir faim ».
24. La mort.
25. Entendu.
26. Le bonheur vaut plus que l'argent.
27. Pères.
28. Une parcelle de vigne qu'il avait en plus (un « quartier » est le « quart » d'un arpent, soit environ 1000 mètres carrés).
29. Est devenue malade.
30. La Beauce était déjà à cette époque une région agricole très riche.
31. Bavardez.
32. Souci.

GÉRONTE. – Tout doux ! Oh ! tout doux !

LUCAS, *frappant encore sur la poitrine de Géronte*. – Monsieu, je veux un peu la mortifier[33], et li apprendre le respect qu'alle vous doit.

GÉRONTE. – Oui ; mais ces gestes ne sont pas nécessaires.

Pantalon. Personnage de la comédie italienne, par Jacques Callot. Paris, Bibliothèque nationale de France.

33. Punir.

Questions

Repérer et analyser

Le lieu

1 **a.** Dans quel lieu l'action se déroule-t-elle ?
b. Quelle différence importante présente ce décor par rapport à celui de l'acte I ?

La situation d'énonciation

2 **a.** Comment se nomment les deux nouveaux personnages ?
b. Quels sont leurs liens avec les autres personnages de la scène ? En a-t-on déjà entendu parler ?
3 « Oui, monsieur, je crois que vous serez satisfait » (l. 1) : à qui s'adresse Valère ?
4 En vous appuyant sur leur différente façon de s'exprimer, précisez à quelles classes sociales appartiennent ces deux nouveaux personnages.

Les relations entre les personnages

5 Quels personnages sont en relation d'union ? quels personnages sont en relation d'opposition ?
6 **a.** Qui est amoureux de la fille de Géronte ?
b. Quels sont ses atouts, selon Jacqueline ?
c. Quels sont ses handicaps, selon Géronte ?

La progression du dialogue

7 Quel est le mot de la première réplique qui fait la transition entre l'acte I et l'acte II ?
8 Quelle image Lucas et Valère donnent-ils de Sganarelle ? Sont-ils critiques ou élogieux ? Dans quel but, d'après vous ? Citez le texte à l'appui de vos réponses.
9 Quel remède recommande Jacqueline pour guérir la fille de Géronte ?

Le comique de farce

Le comique de mots

10 Relevez dans les répliques de Lucas et de Jacqueline :
- des exemples de fautes de grammaire (accord notamment), de fautes de prononciation, de confusion de termes ;
- des expressions imagées.

Le comique de gestes

11 Sur quel effet comique la fin de la scène repose-t-elle ?

Le comique de caractère

12 Quel type de caractère Géronte incarne-t-il ? Qui lui tient tête ? En quoi est-il ridicule ?

La critique sociale

13 **a.** Quelle conception Géronte se fait-il du mariage ? Quelle est la conception de Jacqueline ?
b. Quelle opinion Molière veut-il défendre : celle de Géronte ou celle de Jacqueline ?
Pour répondre, vous pouvez vous aider du tableau suivant que vous recopierez dans votre cahier.

Le mariage selon :	Ce que l'on doit chercher chez un mari	Ce que l'on doit écarter chez un mari
Géronte		
Jacqueline		

Activités orales

Travailler le ton

14 Relevez toutes les répliques exclamatives. Dans chaque cas, précisez sur quel ton elles doivent être dites et quels sentiments elles traduisent. Qu'apporte le ton à la représentation ?

S'exprimer

Les expressions imagées

15 « Il a quelque petit coup de hache à la tête » (l. 12-13).

a. Après avoir vérifié le sens de cette expression (note 3, p. 38), trouvez à votre tour trois expressions imagées.

b. Développez, sous forme d'une petite rédaction amusante, l'une de ces expressions imagées comme si elle n'était pas à prendre au sens figuré mais au sens propre.

Le dialogue

16 Les personnages discutent avant le début de cette scène. Que se disent-ils ? Imaginez leur dialogue. Il doit être court (six répliques au maximum) et doit se raccrocher au texte de Molière.

17 De la même façon, imaginez cinq répliques supplémentaires à la fin de cette scène. Respectez le registre de langue des personnages.

Se documenter

Géronte, un personnage de la commedia dell'arte

Géronte en grec signifie « vieillard ». On retrouve ce personnage dans les atellanes latines (voir l'introduction, p. 5-6) sous les noms de Casnar et de Pappus. Dans la commedia dell'arte, il doit tout à Pantalon, un personnage originaire de Venise. On a pu voir dans son nom une allusion au lion emblématique de la ville (pianta leone).
Commerçant, aussi vieux que l'humanité, Géronte vit dans l'opulence de Venise. Parfois il est riche, parfois il est pauvre ; parfois il a une famille, parfois il est célibataire ; toujours il est avare et têtu. Ayant toute sa vie travaillé dans le commerce, il est conscient de la valeur de l'argent, seule puissance qu'il reconnaisse sur terre.
Molière utilisera les ressources innombrables de ce personnage dans ses pièces : il l'appellera alors Harpagon, Gorgibus, Orgon.

Acte II

Scène 2

VALÈRE, SGANARELLE, GÉRONTE, LUCAS, JACQUELINE.

VALÈRE. – Monsieur, préparez-vous. Voici notre médecin qui entre.

GÉRONTE, *à Sganarelle.* – Monsieur, je suis ravi de vous voir chez moi, et nous avons grand besoin de vous.

SGANARELLE, *en robe de médecin, avec un chapeau des plus pointus.* – Hippocrate[1] dit... que nous nous couvrions tous deux.

GÉRONTE. – Hippocrate dit cela ?

SGANARELLE. – Oui.

GÉRONTE. – Dans quel chapitre, s'il vous plaît ?

SGANARELLE. – Dans son chapitre... des chapeaux.

GÉRONTE. – Puisque Hippocrate le dit, il faut le faire.

SGANARELLE. – Monsieur le Médecin, ayant appris les merveilleuses choses...

GÉRONTE. – À qui parlez-vous, de grâce ?

SGANARELLE. – À vous.

GÉRONTE. – Je ne suis pas médecin.

SGANARELLE. – Vous n'êtes pas médecin ?

GÉRONTE. – Non, vraiment.

SGANARELLE *prend ici un bâton et le bat comme on l'a battu.* – Tout de bon ?

GÉRONTE. – Tout de bon. Ah ! ah ! ah !

1. Médecin grec du IVe siècle av. J.-C., qui n'a jamais rien dit de tel.

SGANARELLE. – Vous êtes médecin maintenant ; je n'ai jamais eu d'autres licences[2].

GÉRONTE, *à Valère*. – Quel diable d'homme m'avez-vous là amené ?

VALÈRE. – Je vous ai bien dit que c'était un médecin goguenard.

GÉRONTE. – Oui ; mais je l'envoirais promener avec ses goguenarderies.

LUCAS. – Ne prenez pas garde à ça, Monsieu ; ce n'est que pour rire.

GÉRONTE. – Cette raillerie ne me plaît pas.

SGANARELLE. – Monsieur, je vous demande pardon de la liberté que j'ai prise.

GÉRONTE. – Monsieur, je suis votre serviteur[3].

SGANARELLE. – Je suis fâché…

GÉRONTE. – Cela n'est rien.

SGANARELLE. – Des coups de bâton…

GÉRONTE. – Il n'y a pas de mal.

SGANARELLE. – Que j'ai eu l'honneur de vous donner.

GÉRONTE. – Ne parlons plus de cela, Monsieur, j'ai une fille qui est tombée dans une étrange maladie.

SGANARELLE. – Je suis ravi, Monsieur, que votre fille ait besoin de moi ; et je souhaiterais de tout mon cœur que vous en eussiez besoin aussi, vous et toute votre famille, pour vous témoigner l'envie que j'ai de vous servir.

GÉRONTE. – Je vous suis obligé[4] de ces sentiments.

2. Droits, accordés après examen, d'exercer une activité.
3. Formule de politesse qui met fin à une discussion.
4. Je vous suis reconnaissant, je vous remercie.

SGANARELLE. – Je vous assure que c'est du meilleur de mon âme que je vous parle.

GÉRONTE. – C'est trop d'honneur que vous me faites.

SGANARELLE. – Comment s'appelle votre fille ?

GÉRONTE. – Lucinde.

SGANARELLE. – Lucinde ! Ah ! beau nom à médicamenter ! Lucinde !

GÉRONTE. – Je m'en vais voir un peu ce qu'elle fait.

SGANARELLE. – Qui est cette grande femme-là ?

GÉRONTE. – C'est la nourrice d'un petit enfant que j'ai.

SGANARELLE, *à part*. – Peste ! le joli meuble que voilà ! *(Haut.)* Ah ! nourrice, charmante nourrice, ma médecine est la très humble esclave de votre nourricerie, et je voudrais bien être le petit poupon fortuné qui tétât le lait *(il lui porte la main sur le sein)* de vos bonnes grâces. Tous mes remèdes, toute ma science, toute ma capacité est à votre service, et…

LUCAS. – Avec votre parmission, Monsieur le Médecin, laissez là ma femme, je vous prie.

SGANARELLE. – Quoi ! est-elle votre femme ?

LUCAS. – Oui.

SGANARELLE *fait semblant d'embrasser Lucas et, se tournant du côté de la nourrice, il l'embrasse*. – Ah ! vraiment, je ne savais pas cela, et je m'en réjouis pour l'amour de l'un et de l'autre.

LUCAS, *en le tirant*. – Tout doucement, s'il vous plaît.

SGANARELLE. – Je vous assure que je suis ravi que vous soyez unis ensemble. Je la félicite d'avoir *(il fait encore semblant d'embrasser Lucas et, passant dessous ses bras, se jette au col de sa femme)* un mari comme vous ; et je vous félicite, vous, d'avoir une femme si belle, si sage, et si bien faite comme elle est.

LUCAS, *en le tirant encore*. – Eh ! testigué ! point tant de compliments, je vous supplie.

SGANARELLE. – Ne voulez-vous pas que je me réjouisse avec vous d'un si bel assemblage ?

LUCAS. – Avec moi, tant qu'il vous plaira ; mais avec ma femme, trêve de sarimonie[5].

SGANARELLE. – Je prends part également au bonheur de tous deux ; et *(il continue le même jeu)* si je vous embrasse pour vous témoigner ma joie, je l'embrasse de même pour lui en témoigner aussi.

LUCAS, *en le tirant derechef*. – Ah ! vartigué, Monsieu le Médecin, que de lantiponages !

Acte II

Scène 3

SGANARELLE, GÉRONTE, LUCAS, JACQUELINE.

GÉRONTE. – Monsieur, voici tout à l'heure[6] ma fille qu'on va vous amener.

SGANARELLE. – Je l'attends, Monsieur, avec toute la médecine.

GÉRONTE. – Où est-elle ?

SGANARELLE, *se touchant le front*. – Là-dedans…

GÉRONTE. – Fort bien.

SGANARELLE, *en voulant toucher les tétons de la nourrice*. – Mais comme je m'intéresse à toute votre famille, il faut que j'essaye un peu le lait de votre nourrice, et que je visite son sein.

5. Cérémonie.

6. Dans un instant.

LUCAS, *le tirant, en lui faisant faire la pirouette.* – Nanin[7], nanin ; je n'avons que faire de ça.

SGANARELLE. – C'est l'office du médecin de voir les tétons des nourrices.

LUCAS. – Il gnia office qui quienne, je sis votte sarviteur.

SGANARELLE. – As-tu bien la hardiesse de t'opposer au médecin ? Hors de là !

LUCAS. – Je me moque de ça.

SGANARELLE, *en le regardant de travers.* – Je te donnerai la fièvre.

JACQUELINE, *prenant Lucas par le bras et lui faisant aussi faire la pirouette.* – Ôte-toi de là aussi. Est-ce que je ne sis pas assez grande pour me défendre moi-même, s'il me fait quelque chose qui ne soit pas à faire ?

LUCAS. – Je ne veux pas qu'il te tâte, moi.

SGANARELLE. – Fi, le vilain, qui est jaloux de sa femme !

GÉRONTE. – Voici ma fille.

7. Non.

Questions

Repérer et analyser

La progression de l'action

1 **a.** Pourquoi Sganarelle a-t-il été appelé chez Géronte ?
b. Quels sont les deux buts qu'il poursuit dans ces deux scènes ?
c. L'action de la pièce est-elle ralentie ou accélérée ? Justifiez votre réponse.

2 Quel élément justifie le changement de scène ?

3 Comment les deux scènes s'enchaînent-elles l'une à l'autre ?

Les relations entre les personnages

4 Pourquoi Valère emploie-t-il l'adjectif possessif « notre » (l. 1) pour parler du médecin recherché par Géronte ?

5 Quel est le comportement de Sganarelle envers Géronte ?

6 **a.** À quel personnage Sganarelle s'oppose-t-il ? À quel propos ?
b. Quel pouvoir prétend-il avoir ?

Le comique de farce

Le déguisement

7 Sganarelle apparaît costumé devant Géronte.
a. Quels sont les éléments qui composent son costume ? Appuyez-vous sur les didascalies.
b. Quel est l'intérêt du costume dans cette circonstance ?

Le comique de gestes

8 Pourquoi Sganarelle donne-t-il des coups de bâton à Géronte (l. 20 et suivantes) ?

9 En quoi le comique de gestes consiste-t-il dans les lignes 59 à 90 ? En quoi ce comique est-il associé à un comique de situation ?

L'humour

> L'humour est une forme d'esprit qui consiste à se moquer d'une situation ou de quelqu'un en adoptant un ton sérieux. Lorsque l'humour joue sur la mort ou sur la souffrance, on parle d'humour noir.

10 Relevez dans les lignes 44 à 50 les traits d'humour : en quoi s'agit-il d'humour noir ?

Le comique de mots

11 Relevez le comique de mots dans les lignes 59 à 64. À quelle autre forme de comique est-il associé ?

La satire de la médecine

12 Que dit Hippocrate, d'après Sganarelle ? Quel intérêt présente cette fausse citation ?

13 Résumez en quelques lignes l'opinion que Molière a des médecins de son temps, à partir de ces deux scènes.

Étudier la langue

La langue et le style de Molière

14 Remplacez les mots ou expressions suivants par leurs équivalents modernes :
- « tout de bon » (l. 22) ;
- « raillerie » (l. 33) ;
- « un si bel assemblage » (l. 82).

15 **a.** « Médicamenter » (l. 54) : quel est le sens de ce mot qui ne figure pas dans le dictionnaire ?
b. Inventez deux mots de la même famille.

16 « Goguenard, goguenarderie » (l. 27 à 30) : Molière s'amuse à rassembler des mots de même famille. Retrouvez dans la suite de la scène un exemple de ce même procédé.

17 « Tout à l'heure » (l. 91), « le vilain » (l. 116) : donnez un équivalent moderne de ces expressions.

S'exprimer

L'interview de Sganarelle

18 Vous êtes journaliste à *La Gazette du Grand Siècle*. Vous avez pour mission d'interviewer le fameux médecin Sganarelle.
a. Rédigez le questionnaire de l'interview.
b. Imaginez les réponses de Sganarelle.

Se documenter

Jacqueline, un personnage de la commedia dell'arte

À vrai dire le nom de Jacqueline n'apparaît pas dans la commedia dell'arte italienne.

Ce personnage se rattache pourtant, sur la plupart des points, au rôle traditionnel de la soubrette (c'est-à-dire la femme de chambre).

Ces soubrettes de la commedia dell'arte portent différents noms : Francesca, Violetta, Nina, Licetta, Betta, Colombine…

Ce sont souvent des filles de la campagne, peu timides, plutôt attirantes même, comme en témoigne aussi la « scène des seins » du *Médecin malgré lui* (lignes 59 à 88, p. 47-48). Elles sont gaies, et même si elles peuvent paraître parfois légères, elles retrouvent bien vite le chemin de la morale en faisant triompher le bon sens, le bonheur et l'amour.

Scène 4

LUCINDE, GÉRONTE, SGANARELLE, VALÈRE, LUCAS, JACQUELINE.

SGANARELLE. – Est-ce là la malade ?

GÉRONTE. – Oui. Je n'ai qu'elle de fille ; et j'aurais tous les regrets du monde si elle venait à mourir.

SGANARELLE. – Qu'elle s'en garde bien ! Il ne faut pas qu'elle meure sans l'ordonnance du médecin.

GÉRONTE. – Allons, un siège.

SGANARELLE, *assis entre Géronte et Lucinde.* – Voilà une malade qui n'est pas tant dégoûtante[1], et je tiens qu'un homme bien sain s'en accommoderait assez.

GÉRONTE. – Vous l'avez fait rire, Monsieur.

SGANARELLE. – Tant mieux : lorsque le médecin fait rire le malade, c'est le meilleur signe du monde. *(À Lucinde.)* Eh bien ! de quoi est-il question ? Qu'avez-vous ? Quel est le mal que vous sentez ?

LUCINDE *répond par signes, en portant sa main à sa bouche, à sa tête, et sous son menton.* – Han, hi, hon, han.

SGANARELLE. – Eh ! que dites-vous ?

LUCINDE *continue les mêmes gestes.* – Han, hi, hon, han, han, hi, hon.

SGANARELLE. – Quoi ?

LUCINDE. – Han, hi, hon.

SGANARELLE, *la contrefaisant.* – Han, hi, hon, han, ha. Je ne vous entends point. Quel diable de langage est-ce là ?

1. Laide, repoussante.

GÉRONTE. – Monsieur, c'est là sa maladie. Elle est devenue muette, sans que jusques ici on en ait pu savoir la cause ; et c'est un accident qui a fait reculer son mariage.

SGANARELLE. – Et pourquoi ?

GÉRONTE. – Celui qu'elle doit épouser veut attendre sa guérison pour conclure les choses.

SGANARELLE. – Et qui est ce sot-là, qui ne veut pas que sa femme soit muette ? Plût à Dieu que la mienne eût cette maladie ! je me garderais bien de la vouloir guérir.

GÉRONTE. – Enfin, Monsieur, nous vous prions d'employer tous vos soins pour la soulager de son mal.

SGANARELLE. – Ah ! ne vous mettez pas en peine. Dites-moi un peu : ce mal l'oppresse-t-il beaucoup ?

GÉRONTE. – Oui, Monsieur.

SGANARELLE. – Tant mieux. Sent-elle de grandes douleurs ?

GÉRONTE. – Fort grandes.

SGANARELLE. – C'est fort bien fait. Va-t-elle où vous savez ?

GÉRONTE. – Oui.

SGANARELLE. – Copieusement ?

GÉRONTE. – Je n'entends rien à cela.

SGANARELLE. – La matière est-elle louable ?

GÉRONTE. – Je ne me connais pas à ces choses.

SGANARELLE, *se tournant vers la malade*. – Donnez-moi votre bras. *(À Géronte.)* Voilà un pouls qui marque que votre fille est muette.

GÉRONTE. – Eh ! oui, Monsieur, c'est là son mal ; vous l'avez trouvé tout du premier coup.

SGANARELLE. – Ah ! ah !

JACQUELINE. – Voyez comme il a deviné sa maladie !

SGANARELLE. – Nous autres grands médecins, nous connaissons d'abord[2] les choses. Un ignorant aurait été embarrassé, et vous eût été dire : « C'est ceci, c'est cela » ; mais moi, je touche au but du premier coup, et je vous apprends que votre fille est muette.

GÉRONTE. – Oui ; mais je voudrais bien que vous me puissiez dire d'où cela vient.

SGANARELLE. – Il n'est rien de plus aisé. Cela vient de ce qu'elle a perdu la parole.

GÉRONTE. – Fort bien. Mais la cause, s'il vous plaît, qui fait qu'elle a perdu la parole ?

SGANARELLE. – Tous nos meilleurs auteurs vous diront que c'est l'empêchement de l'action de sa langue.

GÉRONTE. – Mais encore, vos sentiments sur cet empêchement de l'action de la langue ?

SGANARELLE. – Aristote, là-dessus, dit… de fort belles choses.

GÉRONTE. – Je le crois.

SGANARELLE. – Ah ! c'était un grand homme !

GÉRONTE. – Sans doute.

SGANARELLE. – Grand homme tout à fait… *(Levant le bras depuis le coude.)* Un homme qui était plus grand que moi de tout cela. Pour revenir donc à notre raisonnement, je tiens[3] que cet empêchement de l'action de sa langue est causé par de certaines humeurs[4], qu'entre nous autres savants nous appelons humeurs peccantes[5] ; peccantes, c'est-à-dire… humeurs peccantes ; d'autant que les vapeurs formées par les exhalaisons

2. Immédiatement.
3. Je suis d'avis.
4. Les médecins du XVIIe siècle admettaient généralement la théorie des humeurs, énoncée par Galien au IIe siècle. Selon cette théorie, la santé consistait en un équilibre des quatre humeurs (substances liquides dégagées par le corps) : le sang, la lymphe, la bile jaune et la bile noire, ou « mélancolie ».
5. Qui dérèglent l'équilibre du corps.

des influences qui s'élèvent dans la région des maladies, venant... pour ainsi dire... à... Entendez-vous le latin ?

GÉRONTE. – En aucune façon.

SGANARELLE, *se levant avec étonnement.* – Vous n'entendez point le latin ?

GÉRONTE. – Non.

SGANARELLE, *en faisant diverses plaisantes postures.* – *Cabricias, arci thuram, catalamus, singulariter, nominativo haec musa,* « la Muse », *bonus, bona, bonum, Deus sanctus, estne oratio latinas ? Etiam,* « oui ». *Quare ?* « pourquoi » ? *Quia substantivo et adjectivum, concordat in generi, numerum et casus*[6].

GÉRONTE. – Ah ! que n'ai-je étudié !

JACQUELINE. – L'habile homme que velà !

LUCAS. – Oui, ça est si biau, que je n'y entends goutte.

SGANARELLE. – Or, ces vapeurs dont je vous parle, venant à passer, du côté gauche où est le foie, au côté droit où est le cœur, il se trouve que le poumon, que nous appelons en latin *armyan*, ayant communication avec le cerveau, que nous nommons en grec *nasmus*, par le moyen de la veine cave, que nous appelons en hébreu *cubile*[7], rencontre en son chemin lesdites vapeurs qui remplissent les ventricules de l'omoplate ; et parce que lesdites vapeurs... comprenez bien ce raisonnement, je vous prie ; et parce que lesdites vapeurs ont une certaine malignité[8]... Écoutez bien ceci, je vous conjure.

GÉRONTE. – Oui.

SGANARELLE. – Ont une certaine malignité qui est causée... Soyez attentif, s'il vous plaît.

GÉRONTE. – Je le suis.

6. Mots forgés formant un jargon : sonorités latines, emprunts au latin, le tout formant un jargon incompréhensible.

7. Signifie en latin, et non en hébreu, « le lit ».

8. Effet malin, mauvais.

SGANARELLE. – Qui est causée par l'âcreté des humeurs engendrées dans la concavité du diaphragme, il arrive que ces vapeurs… *Ossabandus, nequeis, nequer, potarinum, quipsa milus*[9]. Voilà justement ce qui fait que votre fille est muette.

JACQUELINE. – Ah que ça est bian dit, notte homme !

LUCAS. – Que n'ai-je la langue aussi bian pendue !

GÉRONTE. – On ne peut pas mieux raisonner, sans doute. Il n'y a qu'une seule chose qui m'a choqué : c'est l'endroit du foie et du cœur. Il me semble que vous les placez autrement qu'ils ne sont ; que le cœur est du côté gauche, et le foie du côté droit.

SGANARELLE. – Oui ; cela était autrefois ainsi : mais nous avons changé tout cela, et nous faisons maintenant la médecine d'une méthode toute nouvelle.

GÉRONTE. – C'est ce que je ne sais pas, et je vous demande pardon de mon ignorance.

SGANARELLE. – Il n'y a point de mal ; et vous n'êtes pas obligé d'être aussi habile que nous.

GÉRONTE. – Assurément. Mais, Monsieur, que croyez-vous qu'il faille faire à cette maladie ?

SGANARELLE. – Ce que je crois qu'il faille faire ?

GÉRONTE. – Oui.

SGANARELLE. – Mon avis est qu'on la remette sur son lit, et qu'on lui fasse prendre pour remède quantité de pain trempé dans du vin.

GÉRONTE. – Pourquoi cela, Monsieur ?

SGANARELLE. – Parce qu'il y a dans le vin et le pain, mêlés ensemble, une vertu sympathique[10] qui fait parler. Ne voyez-

9. Mots inventés par Sganarelle.
10. Propriété qui fait agir un organe sur un autre.

vous pas bien qu'on ne donne autre chose aux perroquets, et qu'ils apprennent à parler en mangeant de cela ?

GÉRONTE. – Cela est vrai ! Ah ! le grand homme ! Vite, quantité de pain et de vin.

SGANARELLE. – Je reviendrai voir sur le soir en quel état elle sera. *(À la nourrice.)* Doucement[11], vous. *(À Géronte.)* Monsieur, voilà une nourrice à laquelle il faut que je fasse quelques petits remèdes.

JACQUELINE. – Qui ? moi ? Je me porte le mieux du monde.

SGANARELLE. – Tant pis, nourrice ; tant pis. Cette grande santé est à craindre, et il ne sera pas mauvais de vous faire quelque petite saignée amiable[12], de vous donner quelque petit clystère dulcifiant[13].

GÉRONTE. – Mais, Monsieur, voilà une mode que je ne comprends point. Pourquoi s'aller faire saigner quand on n'a point de maladie ?

SGANARELLE. – Il n'importe, la mode en est salutaire ; et, comme on boit pour la soif à venir, il faut se faire aussi saigner pour la maladie à venir.

JACQUELINE, *en se retirant*. – Ma fi ! je me moque de ça, et je ne veux point faire de mon corps une boutique d'apothicaire.

SGANARELLE. – Vous êtes rétive[14] aux remèdes ; mais nous saurons vous soumettre à la raison. *(Parlant à Géronte.)* Je vous donne le bonjour.

GÉRONTE. – Attendez un peu, s'il vous plaît.

SGANARELLE. – Que voulez-vous faire ?

GÉRONTE. – Vous donner de l'argent, Monsieur.

11. Attendez un instant.
12. Douce.
13. Lavement adoucissant.
14. Rebelle.

SGANARELLE, *tendant sa main derrière, par-dessous sa robe, tandis que Géronte ouvre sa bourse.* – Je n'en prendrai pas, Monsieur.

GÉRONTE. – Monsieur...

SGANARELLE. – Point du tout.

GÉRONTE. – Un petit moment.

SGANARELLE. – En aucune façon.

GÉRONTE. – De grâce !

SGANARELLE. – Vous vous moquez.

GÉRONTE. – Voilà qui est fait.

SGANARELLE. – Je n'en ferai rien.

GÉRONTE. – Eh !

SGANARELLE. – Ce n'est pas l'argent qui me fait agir.

GÉRONTE. – Je le crois.

SGANARELLE, *après avoir pris l'argent.* – Cela est-il de poids ?

GÉRONTE. – Oui, Monsieur.

SGANARELLE. – Je ne suis pas un médecin mercenaire[15].

GÉRONTE. – Je le sais bien.

SGANARELLE. – L'intérêt ne me gouverne point.

GÉRONTE. – Je n'ai pas cette pensée.

15. Qui travaille pour un salaire.

Questions

Repérer et analyser

Les relations entre les personnages

Lucinde

1 Qui est Lucinde ? Quel lien pouvez-vous établir entre sa maladie et son futur mariage ?

Géronte

2 Quel aspect de la personnalité de Géronte apparaît dans la réplique : « Eh ! oui, Monsieur, c'est là son mal ; vous l'avez trouvé tout du premier coup » (l. 49-50) ?

Sganarelle

3 **a.** Par quel procédé Sganarelle retourne-t-il à son avantage la remarque de Géronte (l. 113 à 115) ?
b. Réussit-il à retarder sa réponse à Géronte qui lui demande les causes de la maladie de Lucinde ?
c. Quels traits de sa personnalité apparaissent ici ?

4 Quelle relation Sganarelle entretient-il avec l'argent ? Appuyez-vous sur la fin de la scène pour répondre.

Le comique de farce

L'humour

5 « Il ne faut pas qu'elle meure sans l'ordonnance du médecin » (l. 4-5).
a. Relevez le trait d'humour de cette phrase.
b. Relevez deux autres exemples d'humour dans cette scène.

6 L'humour de la scène est souvent fondé sur l'énoncé d'évidences. Relevez un exemple de ce procédé humoristique.

Le comique de mots

7 « C'était un grand homme » (l. 70), « Un homme qui était… » (l. 73) : analysez le jeu sur le sens du mot « grand ».

8 Relevez les termes employés par Sganarelle appartenant au registre médical. En quoi leur emploi est-il comique ?

9 **a.** Quelle langue Sganarelle prétend-il connaître ? Pourquoi est-il si important qu'il montre ses connaissances dans cette langue ?

b. Repérez les passages dans lesquels il fait des citations dans cette langue. Appuyez-vous sur la typographie. Les citations sont-elles scientifiques ou fantaisistes ? Appuyez-vous sur les notes.

10 Relevez (l. 40 à 45) un exemple de comique grossier issu de la farce.

La répétition

11 **a.** Relevez des exemples du comique de répétition (l. 11 à 23).
b. Pourquoi provoque-t-il le rire du spectateur ?

La parodie

Une parodie est une imitation moqueuse du ton, des paroles et des idées de quelqu'un.

12 **a.** Cette scène est une véritable parodie d'une consultation médicale au XVIIe siècle. Résumez-la en passant en revue les points suivants :
- l'examen du malade ;
- le diagnostic ;
- la prescription (recommandation) pour Lucinde ;
- la prescription (recommandation) pour Jacqueline ;
- les honoraires.

b. À quel moment le comique est-il le plus intense ?

La satire de la médecine

13 Par quelles expressions particulières Molière fait-il ici la satire de la médecine (l. 1 à 83) ? Les médecins sont-ils les seuls visés ?

S'exprimer

Changer d'époque

14 Un guérisseur bien connu à notre époque consulte une personne muette et fait son diagnostic. Racontez cette consultation en vous inspirant des procédés comiques utilisés dans cette scène.

Le style médical

15 Rédigez le court rapport que Sganarelle présente à l'Académie de médecine sur la maladie de Lucinde.

16 Rédigez l'ordonnance que Sganarelle délivre pour Lucinde.

Étudier la langue

La langue et le style de Molière

17 « Je n'entends rien à cela » (l. 43), « l'intérêt ne me gouverne point » (l. 180) :

a. Donnez des équivalents modernes à ces deux expressions.

b. Tournez ces deux nouvelles phrases à l'affirmative.

Se documenter

L'importance de la langue latine dans les sciences

Si la langue grecque est pour l'essentiel à l'origine du langage de la médecine, c'est le latin cependant qui fut la langue de communication des médecins et scientifiques dans toute l'Europe jusqu'au XVIIIe siècle. En effet, de même que de nos jours, l'anglais prédomine dans les colloques et autres symposiums et que les comptes rendus des grands scientifiques se font en langue anglaise, la connaissance du latin était indispensable, jusqu'à la Révolution française, pour qui désirait communiquer au plus haut niveau. Le latin était la langue universelle de la communauté scientifique internationale.

Notons aussi que, dès le Moyen Âge, l'enseignement se fit en France en latin et que l'on appela le bas du VIe arrondissement parisien actuel « le Quartier latin ». En effet, à cette époque, dans les collèges prestigieux établis sur les pentes de la Montagne Sainte-Geneviève, les cours étaient donnés en latin, quelle que soit la matière enseignée.

Acte II

Scène 5

SGANARELLE, LÉANDRE.

SGANARELLE, *regardant son argent*. – Ma foi, cela ne va pas mal ; et pourvu que...

LÉANDRE. – Monsieur, il y a longtemps que je vous attends ; et je viens implorer votre assistance.

SGANARELLE, *lui prenant le poignet*. – Voilà un pouls qui est fort mauvais.

LÉANDRE. – Je ne suis point malade, Monsieur ; et ce n'est pas pour cela que je viens à vous.

SGANARELLE. – Si vous n'êtes pas malade, que diable ne le dites-vous donc ?

LÉANDRE. – Non. Pour vous dire la chose en deux mots, je m'appelle Léandre, qui suis amoureux de Lucinde, que vous venez de visiter ; et comme, par la mauvaise humeur de son père, toute sorte d'accès m'est fermé auprès d'elle[1], je me hasarde à vous prier de vouloir servir mon amour, et de me donner lieu d'exécuter un stratagème[2] que j'ai trouvé pour lui pouvoir dire deux mots, d'où dépendent absolument mon bonheur et ma vie.

SGANARELLE, *paraissant en colère*. – Pour qui me prenez-vous ? Comment ! oser vous adresser à moi pour vous servir dans votre amour, et vouloir ravaler[3] la dignité de médecin à des emplois de cette nature !

LÉANDRE. – Monsieur, ne faites point de bruit.

1. Toutes les portes me sont fermées ; on me défend de la voir.

2. Ruse, combine.

3. Rabaisser.

SGANARELLE, *en le faisant reculer*. – J'en veux faire, moi. Vous êtes un impertinent !

LÉANDRE. – Eh ! Monsieur, doucement.

SGANARELLE. – Un malavisé !

LÉANDRE. – De grâce !

SGANARELLE. – Je vous apprendrai que je ne suis point homme à cela, et que c'est une insolence extrême…

LÉANDRE, *tirant une bourse qu'il lui donne*. – Monsieur…

Illustration de Jacques Leman, pour *Le Médecin malgré lui*. Émile Testard éditeur, Paris, 1888, BNF, France, Paris.

SGANARELLE, *tenant la bourse.* – De vouloir m'employer... Je ne parle pas pour vous, car vous êtes honnête homme ; et je serais ravi de vous rendre service ; mais il y a de certains impertinents au monde qui viennent prendre les gens pour ce qu'ils ne sont pas, et je vous avoue que cela me met en colère.

LÉANDRE. – Je vous demande pardon, Monsieur, de la liberté que...

SGANARELLE. – Vous vous moquez. De quoi est-il question ?

LÉANDRE. – Vous saurez donc, Monsieur, que cette maladie que vous voulez guérir est une feinte maladie. Les médecins ont raisonné là-dessus comme il faut ; et ils n'ont pas manqué de dire que cela procédait, qui du cerveau, qui des entrailles, qui de la rate, qui du foie ; mais il est certain que l'amour en est la véritable cause, et que Lucinde n'a trouvé cette maladie que pour se délivrer d'un mariage dont elle était importunée. Mais, de crainte qu'on ne nous voie ensemble, retirons-nous d'ici, et je vous dirai en marchant ce que je souhaite de vous.

SGANARELLE. – Allons, Monsieur, vous m'avez donné pour votre amour une tendresse qui n'est pas concevable ; et j'y perdrai toute ma médecine, ou la malade crèvera, ou bien elle sera à vous.

Repérer et analyser

La progression du dialogue

1 **a.** Quel nouveau personnage apparaît dans cette scène ?
b. Quel est son rôle ?
c. Quelles relations entretient-il avec les autres personnages ?

2 « Vouloir ravaler la dignité de médecin à des emplois de cette nature » (l. 21-22) : que refuse ici Sganarelle ?

3 **a.** Quelle confirmation Léandre apporte-t-il sur la maladie de Lucinde ?
b. Pouvions-nous le deviner dans la scène précédente ? Justifiez votre réponse.

4 **a.** Quel argument de Léandre fait changer Sganarelle d'opinion ?
b. Dans quel passage de la scène 4 retrouve-t-on cet argument ?
c. Qu'en déduisez-vous sur la moralité de Sganarelle ?

5 À la fin de la scène, Sganarelle est-il toujours selon vous « médecin malgré lui » ? Justifiez votre réponse.

Le comique de farce

Le quiproquo (voir la leçon, p. 35)

6 **a.** Relisez le début de la scène. En quoi le quiproquo consiste-t-il ?
b. À quelle ligne se résout-il ?

Le comique de mots

7 « Il y a de certains impertinents au monde qui viennent prendre les gens pour ce qu'ils ne sont pas » (l. 34 à 36).
a. Quel est le double sens de la réplique de Sganarelle ?
b. En quoi cette réplique est-elle comique ?

La satire de la médecine

8 En quoi cette scène contribue-t-elle à accentuer la satire de la médecine ? Pour répondre, dites quelles critiques directes sont portées contre les médecins.

Étudier la langue

La langue et le style de Molière

9 Donnez le sens des expressions suivantes :
- « toute sorte d'accès » (l. 14) ;
- « un impertinent » (l. 25) ;
- « un malavisé » (l. 27).

10 « Pour lui pouvoir dire deux mots » (l. 16-17) : rétablissez l'ordre actuel des mots dans cette phrase. Qu'observez-vous ?

11 « Il y a de certains impertinents au monde qui viennent… » (l. 34-35) : récrivez la phrase dans un style plus moderne.

12 « Feinte » (l. 41) : quelle est la nature de ce mot dans le texte ? Que signifie-t-il ? Composez une phrase où ce mot aura une autre nature.

13 « Vous m'avez donné pour votre amour une tendresse qui n'est pas concevable » (l. 49-50) : quel est le sens du mot « tendresse » dans cette phrase ?

S'exprimer

Rédiger une lettre

14 Léandre tente de faire parvenir une lettre à Lucinde après son entrevue avec Sganarelle. Rédigez-la en respectant la présentation de la lettre.

Se documenter

Léandre, un personnage de la commedia dell'arte

Le personnage de Léandre est hérité du type du « jeune premier » de la commedia dell'arte. Il peut aussi se nommer Flavio, Cinthio, Fulvio, Lélio, Orazio, Virgilio, Ottavio, Mario ou Aurelio.

En France, on en trouve la trace chez Molière bien sûr, mais aussi chez Marivaux au XVIIIe siècle et chez Musset au XIXe siècle.

Léandre est l'amoureux type, dévoué à sa maîtresse, chevaleresque et intègre. On ne lui demande rien d'autre que d'être amoureux. Il doit briller, se montrer à son avantage, servir une passion sans faille.

Faire le point sur l'acte II

L'action

15 Faites la liste des informations nouvelles contenues dans ce deuxième acte.

Les personnages

16 Retracez l'évolution de Sganarelle au cours de cet acte.
a. Est-il toujours bûcheron ?
b. D'où lui vient sa culture médicale ? Comment l'utilise-t-il ?

17 Faites un bref portrait de Géronte, de Lucinde et de Léandre.

La satire de la médecine

18 Dressez la liste des critiques que Molière adresse aux médecins : études, méthodes, langage, honoraires…

Comparer les actes I et II

19 **a.** Où se situe l'action de chacun des actes ?
b. Quels personnages nouveaux apparaissent dans l'acte II ?
c. Comparez les situations finales de l'acte I et de l'acte II. Quelle évolution note-t-on ?
d. Comparez les dernières répliques des deux actes : en quoi se ressemblent-elles ?

Acte III

Un lieu voisin de la maison de Géronte.

Scène première

LÉANDRE, SGANARELLE.

LÉANDRE. – Il me semble que je ne suis pas mal ainsi pour un apothicaire[1] ; et, comme le père ne m'a guère vu, ce changement d'habit et de perruque est assez capable, je crois, de me déguiser à ses yeux.

SGANARELLE. – Sans doute[2].

LÉANDRE. – Tout ce que je souhaiterais serait de savoir cinq ou six grands mots de médecine, pour parer[3] mon discours et me donner l'air d'habile homme.

SGANARELLE. – Allez, allez, tout cela n'est pas nécessaire ; il suffit de l'habit : et je n'en sais pas plus que vous.

LÉANDRE. – Comment ?

SGANARELLE. – Diable emporte si j'entends[4] rien en médecine ! Vous êtes honnête homme[5], et je veux bien me confier à vous comme vous vous confiez à moi.

LÉANDRE. – Quoi ! vous n'êtes pas effectivement…

SGANARELLE. – Non, vous dis-je ; ils m'ont fait médecin malgré mes dents[6]. Je ne m'étais jamais mêlé d'être si savant que cela ; et toutes mes études n'ont été que jusqu'en sixième. Je ne sais point sur quoi cette imagination leur est venue ; mais, quand j'ai vu qu'à toute force ils voulaient que je fusse médecin, je me suis résolu[7] de l'être aux dépens de qui il appartiendra[8].

1. Les apothicaires comme les médecins portaient une robe.
2. Sans aucun doute.
3. Embellir.
4. Je comprends.
5. Homme d'honneur, donc discret.
6. Malgré moi.
7. Je me suis décidé.
8. Au détriment de ceux qui seront concernés.

Cependant, vous ne sauriez croire comment l'erreur s'est répandue, et de quelle façon chacun est endiablé[9] à me croire habile homme. On me vient chercher de tous les côtés; et, si les choses vont toujours de même, je suis d'avis de m'en tenir toute ma vie à la médecine. Je trouve que c'est le métier le meilleur de tous; car, soit qu'on fasse bien, ou soit qu'on fasse mal, on est toujours payé de même sorte. La méchante besogne ne retombe jamais sur notre dos; et nous taillons comme il nous plaît sur l'étoffe où nous travaillons. Un cordonnier, en faisant des souliers, ne saurait gâter un morceau de cuir, qu'il n'en paye les pots cassés, mais ici l'on peut gâter un homme sans qu'il en coûte rien. Les bévues ne sont point pour nous[10], et c'est toujours la faute de celui qui meurt. Enfin le bon de cette profession est qu'il y a parmi les morts une honnêteté, une discrétion la plus grande du monde; et jamais on n'en voit se plaindre du médecin qui l'a tué.

LÉANDRE. – Il est vrai que les morts sont fort honnêtes gens sur cette matière.

SGANARELLE, *voyant des hommes qui viennent à lui.* – Voilà des gens qui ont la mine de me venir consulter. *(À Léandre.)* Allez toujours m'attendre auprès du logis de votre maîtresse[11].

9. Acharné.
10. Les erreurs ne nous sont jamais attribuées.
11. Femme aimée.

Acte III

Scène 2

THIBAUT, PERRIN, SGANARELLE.

THIBAUT. – Monsieu, je venons vous charcher, mon fils Perrin et moi.

SGANARELLE. – Qu'y a-t-il ?

THIBAUT. – Sa pauvre mère, qui a nom Parette, est dans un lit, malade il y a six mois[12].

SGANARELLE, *tendant la main comme pour recevoir de l'argent.* – Que voulez-vous que j'y fasse ?

THIBAUT. – Je voudrions, Monsieu, que vous nous baillissiez queuque petite drôlerie pour la garir.

SGANARELLE. – Il faut voir de quoi est-ce qu'elle est malade.

THIBAUT. – Alle est malade d'hypocrisie[13], Monsieu.

SGANARELLE. – D'hypocrisie ?

THIBAUT. – Oui, c'est-à-dire qu'alle est enflée partout ; et l'an dit que c'est quantité de sériosités qu'alle a dans le corps, et que son foie, son ventre, ou sa rate, comme vous voudrais l'appeler, au glieu de faire du sang, ne fait pluis que de l'iau. Alle a, de deux jours l'un[14], la fièvre quotiguienne[15], avec des lassitudes et des douleurs dans les mufles[16] des jambes. On entend dans sa gorge des fleumes[17] qui sont tout prêts à l'étouffer ; et parfois il li prend des syncoles[18] et des conversions[19], que je crayons qu'alle est passée[20]. J'avons dans notre village un

12. Depuis six mois.
13. Confusion de mots, pour « hydropisie » : accumulation dans une partie du corps de liquides (sérosités) qui gonflent les tissus.
14. Un jour sur deux.
15. Quotidienne.
16. Muscles.
17. Pour « fleugmes » (sécrétions), matières gluantes que le malade a du mal à rejeter.
18. Pour « syncopes », pertes de connaissance.
19. Pour « convulsions ».
20. Morte.

apothicaire, révérence parler[21], qui li a donné je ne sais combien d'histoires ; et il m'en coûte plus d'eune douzaine de bons écus en lavements, ne v's en déplaise, en apostumes[22] qu'on li a fait prendre, en infections[23] de jacinthe, et en portions cordales[24]. Mais tout ça, comme dit l'autre, n'a été que de l'onguent miton-mitaine[25]. Il velait li bailler[26] d'eune certaine drogue que l'on appelle du vin amétile[27] mais j'ai-s-eu peur, franchement, que ça l'envoyit *a patres*[28], et l'an dit que ces gros médecins tuont je ne sais combien de monde avec cette invention-là.

SGANARELLE, *tendant toujours la main, et la branlant*[29] *comme pour signe qu'il demande de l'argent.* – Venons au fait, mon ami, venons au fait.

THIBAUT. – Le fait est, Monsieu, que je venons vous prier de nous dire ce qu'il faut que je fassions.

SGANARELLE. – Je ne vous entends point du tout.

PERRIN. – Monsieu, ma mère est malade ; et velà deux écus que je vous apportons pour nous bailler queuque remède.

SGANARELLE. – Ah ! je vous entends, vous. Voilà un garçon qui parle clairement, qui s'explique comme il faut. Vous dites que votre mère est malade d'hydropisie, qu'elle est enflée par tout le corps, qu'elle a la fièvre, avec des douleurs dans les jambes, et qu'il lui prend parfois des syncopes et des convulsions, c'est-à-dire des évanouissements ?

PERRIN. – Eh ! oui, Monsieu, c'est justement ça.

SGANARELLE. – J'ai compris d'abord vos paroles. Vous avez un père qui ne sait ce qu'il dit. Maintenant vous me demandez un remède ?

21. Formule de politesse, « excusez d'avance mes paroles ».
22. Pour « apozèmes », médicaments à base de plantes.
23. Pour « infusions ».
24. Potions qui fortifient le cœur.
25. Sans effet.
26. Donner.
27. Vin « émétile », vin auquel on a mélangé un médicament pour faire vomir.
28. Expression latine, *ad patres*, qui signifie « là où sont ses pères », c'est-à-dire dans l'autre monde.
29. Remuant.

Perrin. – Oui, Monsieu.

Sganarelle. – Un remède pour la guérir ?

Perrin. – C'est comme je l'entendons.

Sganarelle. – Tenez, voilà un morceau de formage[30] qu'il faut que vous lui fassiez prendre.

Perrin. – Du fromage, Monsieu ?

Sganarelle. – Oui, c'est un formage préparé, où il entre de l'or, du corail et des perles, et quantité d'autres choses précieuses.

Perrin. – Monsieu, je vous sommes bien obligés ; et j'allons li faire prendre ça tout à l'heure[31].

Sganarelle. – Allez. Si elle meurt, ne manquez pas de la faire enterrer du mieux que vous pourrez.

30. La prononciation populaire de l'époque était « fromage ».
31. Tout de suite.

Questions

Repérer et analyser

Le lieu

1 Dans quel lieu l'action se déroule-t-elle ? Justifiez votre réponse.

La progression de l'action

2 **a.** En quoi le déguisement de Léandre consiste-t-il ?
b. Quel rôle est-il appelé à jouer ?
3 Quelle révélation Sganarelle fait-il à Léandre ? Pour quelle raison ?
4 De ces deux scènes, laquelle est utile à l'action ? À quoi l'autre sert-elle ?

Le comique de farce

L'humour noir

Lorsque l'humour joue sur la mort ou sur la souffrance, on parle d'humour noir.

5 Repérez des exemples d'humour noir dans la scène 1 (l. 16 à 37) et à la fin de la scène 2.

Le comique de mots

6 **a.** Quelle est la caractéristique du langage de Thibaut ?
b. Relevez dans une réplique de Thibaut une confusion verbale qui crée un effet comique.
7 **a.** Relevez dans la tirade de Thibaut (l. 55 à 72) des mots appartenant au champ lexical de la médecine.
b. Quel est l'effet produit par l'accumulation des termes ?

Le comique de gestes

8 **a.** Quel geste Sganarelle effectue-t-il à plusieurs reprises dans la scène 2 ?
b. En quoi ce geste participe-t-il au comique ?

La satire de la médecine

9 Quel rôle le langage occupe-t-il dans la profession de médecin ? Appuyez-vous sur les lignes 81 à 86.

10 De quoi le formage prescrit par Sganarelle (l. 97-98) se compose-t-il ? À quelle pratique la médecine est-elle associée ?

Étudier la langue

La langue et le style de Molière

11 « Apothicaire » (l. 2) : quelle profession désigne Léandre par ce mot ?

12 « La méchante besogne » (l. 28) : quel sens a l'adjectif « méchante » dans cette scène ? Employez cet adjectif dans une phrase où il aura un autre sens.

13 « Gâter » (l. 31) : quel est le sens de ce verbe dans le texte ? Employez ce même verbe dans une phrase où il aura un autre sens.

S'exprimer

Récrire une tirade

14 Récrivez la tirade de Thibaud (l. 55 à 72) en supprimant les incorrections et les erreurs issues du patois.

Écrire un dialogue

15 Dans un dialogue animé, un médecin défend son métier, alors qu'un patient attaque la médecine de notre époque. Rédigez ce dialogue.

Mettre en scène

16 Comment imaginez-vous le décor de ces deux scènes ?

17 Décrivez ou dessinez les costumes que vous utiliseriez si vous étiez metteur en scène.

18 Les éclairages seront-ils les mêmes pour les deux scènes ? Justifiez votre réponse.

19 Mettez en scène cette partie de la pièce.

Se documenter

L'honnête homme au XVIIe siècle

Sganarelle rappelle à Léandre qu'il est « honnête homme » (scène 1, l. 13). Mais qu'est-ce qu'un honnête homme ?

À notre époque, c'est un homme qui ne commet pas de vol, qui est sérieux, sur qui on peut compter.

Au XVIIe siècle, le terme recouvre une réalité beaucoup plus précise. En effet, l'honnête homme de cette époque désigne l'« idéal masculin » dans la société aristocratique dominante. Il possède au plus haut degré les qualités dont étaient dotés les chevaliers du Moyen Âge : la courtoisie, la noblesse des sentiments, la générosité et l'élégance. C'est aussi un homme tolérant et juste.

Montaigne (écrivain du XVIe siècle) écrivait à son propos :

« On dit bien vrai qu'un honnête homme, c'est un homme mêlé qui sait se mêler aux autres, admettre leurs idées et leurs usages » (*Les Essais*).

Homme de qualité en habit d'épée, costumes français sous Louis XIV, de Jean de Dieu, 1686.

Acte III

Scène 3

JACQUELINE, SGANARELLE, LUCAS, *dans le fond du théâtre.*

Une chambre dans la maison de Géronte.

SGANARELLE. – Voici la belle nourrice. Ah ! nourrice de mon cœur, je suis ravi de cette rencontre, et votre vue est la rhubarbe, la casse et le séné[1] qui purgent toute la mélancolie[2] de mon âme.

JACQUELINE. – Par ma figué, Monsieu le Médecin, ça est trop bian dit pour moi, et je n'entends rien à tout votte latin.

SGANARELLE. – Devenez malade, nourrice, je vous prie ; devenez malade pour l'amour de moi. J'aurais toutes les joies du monde de vous guérir.

JACQUELINE. – Je sis votte servante ; j'aime bian mieux qu'an ne me garisse pas.

SGANARELLE. – Que je vous plains, belle nourrice, d'avoir un mari jaloux et fâcheux[3] comme celui que vous avez !

JACQUELINE. – Que velez-vous, Monsieu, c'est pour la pénitence de mes fautes ; et là où la chèvre est liée, il faut bian qu'alle y broute.

SGANARELLE. – Comment ? un rustre[4] comme cela ! un homme qui vous observe toujours, et ne veut pas que personne vous parle !

JACQUELINE. – Hélas ! vous n'avez rian vu encore ; et ce n'est qu'un petit échantillon de sa mauvaise humeur.

1. Purgatifs très employés au XVIIe siècle.
2. Bile noire qui se traduit par de la tristesse.
3. Gênant, importun.
4. Paysan grossier.

SGANARELLE. – Est-il possible ? et qu'un homme ait l'âme assez basse pour maltraiter une personne comme vous ? Ah ! que j'en sais[5], belle nourrice, et qui ne sont pas loin d'ici, qui se tiendraient heureux de baiser seulement les petits bouts de vos petons ! Pourquoi faut-il qu'une personne si bien faite soit tombée en de telles mains ! et qu'un franc animal, un brutal, un stupide, un sot… Pardonnez-moi, nourrice, si je parle ainsi de votre mari…

JACQUELINE. – Eh ! Monsieu, je sais bian qu'il mérite tous ces noms-là.

SGANARELLE. – Oui, sans doute, nourrice, il les mérite ; et il mériterait encore que vous lui missiez quelque chose sur la tête[6], pour le punir des soupçons qu'il a.

JACQUELINE. – Il est bian vrai que si je n'avais devant les yeux que son intérêt, il pourrait m'obliger à queuque étrange chose.

SGANARELLE. – Ma foi, vous ne feriez pas mal de vous venger de lui avec quelqu'un. C'est un homme, je vous le dis, qui mérite bien cela ; et, si j'étais assez heureux, belle nourrice, pour être choisi pour… *(En cet endroit, tous deux apercevant Lucas qui était derrière eux et entendait leur dialogue, chacun se retire de son côté, mais le médecin d'une manière fort plaisante.)*

---

5. J'en connais.

6. Allusion aux cornes des maris trompés.

Acte III

Scène 4

GÉRONTE, LUCAS.

GÉRONTE. – Holà ! Lucas, n'as-tu point vu ici notre médecin ?

LUCAS. – Eh ! oui, de par tous les diantres[7], je l'ai vu, et ma femme aussi.

GÉRONTE. – Où est-ce donc qu'il peut être ?

LUCAS. – Je ne sais ; mais je voudrais qu'il fût à tous les guèbles[7] !

GÉRONTE. – Va-t'en voir un peu ce que fait ma fille.

Maquette de costume par Michel Juncan, théâtre Hébertot en 1952, Bibliothèque de l'Arsenal.

7. Diables.

Acte III

Scène 5

SGANARELLE, LÉANDRE, GÉRONTE.

GÉRONTE. – Ah ! Monsieur, je demandais où vous étiez.

SGANARELLE. – Je m'étais amusé dans votre cour à expulser le superflu de la boisson. Comment se porte la malade ?

GÉRONTE. – Un peu plus mal depuis votre remède.

SGANARELLE. – Tant mieux : c'est signe qu'il opère.

GÉRONTE. – Oui ; mais, en opérant, je crains qu'il ne l'étouffe.

SGANARELLE. – Ne vous mettez pas en peine ; j'ai des remèdes qui se moquent de tout, et je l'attends à l'agonie.

GÉRONTE, *montrant Léandre*. – Qui est cet homme-là que vous amenez ?

SGANARELLE, *faisant des signes avec la main pour montrer que c'est un apothicaire*[8]. – C'est…

GÉRONTE. – Quoi ?

SGANARELLE. – Celui…

GÉRONTE. – Eh ?

SGANARELLE. – Qui…

GÉRONTE. – Je vous entends.

SGANARELLE. – Votre fille en aura besoin.

8. Les apothicaires (ici infirmiers) faisaient eux-mêmes les lavements (de l'intestin).

Questions

Repérer et analyser

Les didascalies

1 Relevez les didascalies dans ces scènes. Classez-les selon qu'elles fournissent des précisions sur le lieu, les gestes ou le déplacement des personnages.

Les relations entre les personnages

2 Pourquoi Sganarelle est-il si heureux de retrouver Jacqueline au début de la scène 3 ? Dans quelle scène précédente s'était-il intéressé à elle ?

3 Pourquoi Jacqueline repousse-t-elle toutes les avances de Sganarelle (scène 3) ? Sganarelle lui déplaît-il ? Citez le texte.

Le comique de farce

Le comique de mots

4 « Devenez malade pour l'amour de moi » (l. 8-9).

a. Qui prononce cette réplique ? Quel double sens peut-on lui donner ?

b. À quoi fait-elle allusion ?

c. Quel effet produit-elle sur le spectateur ?

5 **a.** « Là où la chèvre est liée, il faut bian qu'alle y broute » (l. 16-17) : quel est le sens de cette expression ?

b. En quoi est-elle amusante ?

6 « Que vous lui missiez quelque chose sur la tête » (scène 3, l. 34-35) : que veut dire Sganarelle par cette expression ?

La satire de la médecine

7 Relevez dans la scène 5 la phrase qui résume l'essentiel de la méthode thérapeutique de Sganarelle.

La fonction des scènes

8 Ces trois scènes sont-elles utiles à l'action ? Justifiez votre réponse en citant quelques détails du texte.

Étudier la langue

La langue et le style de Molière

9 « Je n'entends rien à tout votte latin » (l. 7) : dans quel sens est pris le mot « latin » dans cette réplique ?

S'exprimer

Le monologue

10 Lucas, resté seul, exprime son mécontentement de voir sa femme, Jacqueline, courtisée par Sganarelle. Rédigez son monologue en quelques lignes.

Mettre en scène

11 **a.** De quelle manière pensez-vous que Sganarelle se retire à la fin de la scène 3 ?
b. Rédigez une didascalie très explicative sur son jeu de scène.

12 **a.** Quel est l'autre moment de ces trois scènes où une mise en scène est nécessaire ?
b. Quelle mise en scène imaginez-vous ?

Acte III

Scène 6

LUCINDE, GÉRONTE, LÉANDRE, JACQUELINE, SGANARELLE.

JACQUELINE. – Monsieu, velà votre fille, qui veut un peu marcher.

SGANARELLE. – Cela lui fera du bien. *(À Léandre.)* Allez-vous-en, Monsieur l'Apothicaire, tâter un peu son pouls, afin que je raisonne[1] tantôt avec vous de sa maladie. *(En cet endroit, il tire Géronte à un bout du théâtre, et, lui passant un bras sur les épaules, lui rabat la main sous le menton, avec laquelle il le fait retourner vers lui, lorsqu'il veut regarder ce que sa fille et l'apothicaire font ensemble, lui tenant cependant le discours suivant pour l'amuser.)* Monsieur, c'est une grande et subtile question entre les docteurs[2], de savoir si les femmes sont plus faciles à guérir que les hommes. Je vous prie d'écouter ceci, s'il vous plaît. Les uns disent que non, les autres disent que oui : et moi, je dis que oui et non ; d'autant que l'incongruité des humeurs opaques qui se rencontrent au tempérament naturel des femmes[3], étant cause que la partie brutale[4] veut toujours prendre empire[5] sur la sensitive[6], on voit que l'inégalité de leurs opinions dépend du mouvement oblique du cercle de la lune ; et comme le soleil, qui darde ses rayons sur la concavité[7] de la terre, trouve…

LUCINDE, *à Léandre*. – Non, je ne suis point du tout capable de changer de sentiment.

1. Je parle.
2. Savants.
3. Les liquides contenus dans les corps des femmes ne s'accommodent pas ensemble.
4. Bestiale, animale.
5. Prendre possession.
6. Sensible.
7. Partie creuse.

GÉRONTE. – Voilà ma fille qui parle ! Ô grande vertu[8] du remède ! Ô admirable médecin ! Que je vous suis obligé, Monsieur, de cette guérison merveilleuse ! et que puis-je faire pour vous après un tel service ?

SGANARELLE, *se promenant sur le théâtre, et s'essuyant le front.* – Voilà une maladie qui m'a bien donné de la peine !

LUCINDE. – Oui, mon père, j'ai recouvré[9] la parole ; mais je l'ai recouvrée pour vous dire que je n'aurai jamais d'autre époux que Léandre, et que c'est inutilement que vous voulez me donner Horace.

GÉRONTE. – Mais…

LUCINDE. – Rien n'est capable d'ébranler la résolution que j'ai prise.

GÉRONTE. – Quoi ?…

LUCINDE. – Vous m'opposerez en vain de belles raisons.

GÉRONTE. – Si…

LUCINDE. – Tous vos discours ne serviront de rien.

GÉRONTE. – Je…

LUCINDE. – C'est une chose où je suis déterminée[10].

GÉRONTE. – Mais…

LUCINDE. – Il n'est puissance paternelle qui me puisse obliger à me marier malgré moi.

GÉRONTE. – J'ai…

LUCINDE. – Vous avez beau faire tous vos efforts.

GÉRONTE. – Il…

LUCINDE. – Mon cœur ne saurait se soumettre à cette tyrannie.

GÉRONTE. – La…

| **8.** Efficacité. | **9.** J'ai retrouvé l'usage de. | **10.** Que j'ai décidée.

LUCINDE. – Et je me jetterai plutôt dans un couvent que[11] d'épouser un homme que je n'aime point.

GÉRONTE. – Mais…

LUCINDE, *parlant d'un ton de voix à étourdir*. – Non. En aucune façon. Point d'affaires. Vous perdez le temps. Je n'en ferai rien. Cela est résolu.

GÉRONTE. – Ah! quelle impétuosité de paroles! Il n'y a pas moyen d'y résister. *(À Sganarelle.)* Monsieur, je vous prie de la faire redevenir muette.

SGANARELLE. – C'est une chose qui m'est impossible. Tout ce que je puis faire pour votre service est de vous rendre sourd, si vous voulez.

GÉRONTE. – Je vous remercie[12]. *(À Lucinde.)* Penses-tu donc…

LUCINDE. – Non, toutes vos raisons ne gagneront rien sur mon âme.

GÉRONTE. – Tu épouseras Horace dès ce soir.

LUCINDE. – J'épouserai plutôt la mort.

SGANARELLE, *à Géronte*. – Mon Dieu! arrêtez-vous, laissez-moi médicamenter cette affaire. C'est une maladie qui la tient, et je sais le remède qu'il y faut apporter.

GÉRONTE. – Serait-il possible, Monsieur, que vous pussiez aussi guérir cette maladie d'esprit?

SGANARELLE. – Oui; laissez-moi faire, j'ai des remèdes pour tout; et notre apothicaire nous servira pour cette cure. *(Il appelle l'apothicaire et lui parle.)* Un mot. Vous voyez que l'ardeur qu'elle a pour ce Léandre est tout à fait contraire aux volontés du père, qu'il n'y a point de temps à perdre, que les humeurs sont fort aigries[13], et qu'il est nécessaire de trouver promptement un remède à ce mal, qui pourrait empirer par

11. Plutôt que. | **12.** Non, merci! | **13.** Modifiées.

le retardement. Pour moi, je n'y en vois qu'un seul, qui est une prise de fuite purgative, que vous mêlerez comme il faut avec deux drachmes[14] de matrimonium[15] en pilules. Peut-être fera-t-elle quelque difficulté à prendre ce remède : mais, comme vous êtes habile homme dans votre métier, c'est à vous de l'y résoudre, et de lui faire avaler la chose du mieux que vous pourrez. Allez-vous-en lui faire faire un petit tour de jardin, afin de préparer les humeurs, tandis que j'entretiendrai ici son père ; mais surtout ne perdez point de temps. Au remède, vite ! au remède spécifique[16].

Illustration de J. Leman pour *Le Médecin malgré lui*. Émile Testard éditeur, Paris, 1888, BNF, France, Paris.

14. Unité de monnaie et de poids. En pharmacie, quatre grammes environ.

15. Mot latin signifiant mariage.

16. Approprié.

Questions

Repérer et analyser

Le temps de parole des personnages

1 **a.** Repérez les répliques courtes et les répliques longues de cette scène. Comment se répartissent-elles ?
b. Qui parle le plus longtemps ? le moins longtemps ?

2 Quel personnage ne s'exprime pas ? À quelle ligne en parle-t-on cependant ?

La progression de l'action

3 Quel rôle Léandre joue-t-il au début de la scène ?

4 Par quel moyen Sganarelle réussit-il à gagner du temps et à « amuser » Géronte (l. 10 à 20) ? Dans quel but ? Quels sont ses arguments ?

5 **a.** Qu'a bien pu dire Léandre pour faire parler Lucinde (l. 21-22) ?
b. En quoi consiste le coup de théâtre ?

6 Quelle nouvelle mission Géronte confie-t-il à Sganarelle ?

Le personnage de Lucinde

7 Quels traits de son caractère apparaissent dans cette scène ?

8 Sur quel ton Lucinde prononce-t-elle ses répliques ? Appuyez-vous sur la didascalie (l. 53) pour répondre.

Le comique de farce

Le comique de mots

9 Repérez les passages de jargon médical utilisé par Sganarelle.

Le comique de situation

10 En quoi consiste ici le comique de situation ? Citez le texte.

Étudier la langue

La langue et le style de Molière

11 Dans quel sens le mot « amuser » (l. 10) doit-il être compris ? Quel autre sens lui connaissez-vous ?

S'exprimer

Rédiger quelques répliques

12 Lignes 21-22 : qu'a bien pu dire Léandre pour faire parler Lucinde ? Imaginez le court dialogue qui aurait pu avoir lieu entre les deux personnages.

Écrire une lettre

13 Lucinde va rédiger sa dernière lettre avant d'entrer au couvent où elle se réfugie pour échapper aux exigences de son père. Rédigez-la à sa place.
Vous êtes libre :
- de choisir le destinataire ;
- de choisir le ton de la lettre ;
- d'imaginer les sentiments de la jeune fille.

Se documenter

Lucinde, un personnage de la commedia dell'arte

Le personnage de Lucinde appartient au type de l'amoureuse, hérité de la commedia dell'arte.
On retrouve l'amoureuse sous divers prénoms : Isabelle, Flaminia ou Camille. C'est toujours une personne jeune, courageuse, cultivée et innocente, sûre de son amour et capable de lutter pour le faire triompher. Elle est le porte-parole d'une jeunesse qui, surtout dans le XVIIe siècle français, désirait échapper au couvent et au mariage avec le premier venu sous prétexte qu'il était riche.
Par ailleurs, notons que jusqu'au XVIe siècle, l'Église interdisait aux femmes de se produire sur une scène de théâtre, leur rôle étant tenu par des hommes. Lorsqu'elles apparurent enfin, de nombreux États italiens se révoltèrent. Le temps passant et la tolérance l'emportant enfin, elles purent paraître sur scène – trois États italiens maintenant cependant jusqu'au XVIIIe siècle l'interdiction qui les frappait.

Acte III

Scène 7

GÉRONTE, SGANARELLE.

GÉRONTE. – Quelles drogues, Monsieur, sont celles que vous venez de dire ? Il me semble que je ne les ai jamais ouï[1] nommer.

SGANARELLE. – Ce sont drogues dont on se sert dans les nécessités urgentes.

GÉRONTE. – Avez-vous jamais vu une insolence pareille à la sienne ?

SGANARELLE. – Les filles sont quelquefois un peu têtues.

GÉRONTE. – Vous ne sauriez croire comme elle est affolée[2] de ce Léandre.

SGANARELLE. – La chaleur du sang fait cela dans les jeunes esprits.

GÉRONTE. – Pour moi, dès que j'ai eu découvert la violence de cet amour, j'ai su tenir toujours ma fille renfermée.

SGANARELLE. – Vous avez fait sagement.

GÉRONTE. – Et j'ai bien empêché qu'ils n'aient eu communication ensemble.

SGANARELLE. – Fort bien.

GÉRONTE. – Il serait arrivé quelque folie, si j'avais souffert qu'ils se fussent vus.

SGANARELLE. – Sans doute.

GÉRONTE. – Et je crois qu'elle aurait été fille à s'en aller avec lui.

SGANARELLE. – C'est prudemment raisonné.

1. Entendu.
2. Folle.

GÉRONTE. – On m'avertit qu'il fait tous ses efforts pour lui parler.

SGANARELLE. – Quel drôle !

GÉRONTE. – Mais il perdra son temps.

SGANARELLE. – Ah ! ah !

GÉRONTE. – Et j'empêcherai bien qu'il ne la voie.

SGANARELLE. – Il n'a pas affaire à un sot, et vous savez des rubriques[3] qu'il ne sait pas. Plus fin que vous n'est pas bête.

Acte III

Scène 8

LUCAS, GÉRONTE, SGANARELLE.

LUCAS. – Ah ! palsanguenne, Monsieu, vaici bian du tintamarre ; votte fille s'en est enfuie avec son Liandre. C'était lui qui était l'apothicaire ; et velà Monsieu le Médecin qui a fait cette belle opération-là.

GÉRONTE. – Comment ! m'assassiner de la façon ! Allons, un commissaire, et qu'on empêche qu'il ne sorte ! Ah ! traître ! je vous ferai punir par la justice.

LUCAS. – Ah ! par ma fi ! Monsieu le Médecin, vous serez pendu ! ne bougez de là seulement.

3. Ruses, finesses.

Acte III

Scène 9

MARTINE, SGANARELLE, LUCAS.

MARTINE, *à Lucas*. – Ah ! mon Dieu ! que j'ai eu de peine à trouver ce logis. Dites-moi un peu des nouvelles du médecin que je vous ai donné.

LUCAS. – Le velà qui va être pendu.

MARTINE. – Quoi ! mon mari pendu ! Hélas ! et qu'a-t-il fait pour cela ?

LUCAS. – Il a fait enlever la fille de notte maître.

MARTINE. – Hélas ! mon cher mari, est-il bien vrai qu'on va te pendre ?

SGANARELLE. – Tu vois. Ah !

MARTINE. – Faut-il que tu te laisses mourir en présence de tant de gens ?

SGANARELLE. – Que veux-tu que j'y fasse ?

MARTINE. – Encore, si tu avais achevé de couper notre bois, je prendrais quelque consolation.

SGANARELLE. – Retire-toi de là, tu me fends le cœur.

MARTINE. – Non, je veux demeurer pour t'encourager à la mort ; et je ne te quitterai point que je ne t'aie vu pendu.

SGANARELLE. – Ah !

Acte III

Scène 10

GÉRONTE, SGANARELLE, MARTINE, LUCAS.

GÉRONTE, *à Sganarelle.* – Le commissaire viendra bientôt, et l'on s'en va vous mettre en lieu où l'on me répondra de vous.

SGANARELLE, *le chapeau à la main.* – Hélas ! cela ne se peut-il point changer en quelques coups de bâton ?

GÉRONTE. – Non, non, la justice en ordonnera. Mais que vois-je ?

Acte III

Scène 11

LÉANDRE, LUCINDE, JACQUELINE,
LUCAS, GÉRONTE, SGANARELLE, MARTINE.

LÉANDRE. – Monsieur, je viens faire paraître Léandre à vos yeux et remettre Lucinde en votre pouvoir. Nous avons eu dessein[4] de prendre la fuite nous deux, et de nous aller marier ensemble ; mais cette entreprise a fait place à un procédé plus honnête. Je ne prétends point vous voler votre fille, et ce n'est que de votre main que je veux la recevoir. Ce que je vous dirai, Monsieur, c'est que je viens tout à l'heure[5] de recevoir des lettres par où j'apprends que mon oncle est mort, et que je suis héritier de tous ses biens.

GÉRONTE. – Monsieur, votre vertu m'est tout à fait considérable[6], et je vous donne ma fille avec la plus grande joie du monde.

4. Nous avons eu l'intention.
5. À l'instant.
6. Mérite qu'on la prenne en considération.

SGANARELLE, *à part*. – La médecine l'a échappé belle !

MARTINE. – Puisque tu ne seras point pendu, rends-moi grâce d'être médecin, car c'est moi qui t'ai procuré cet honneur.

SGANARELLE. – Oui ! c'est toi qui m'as procuré je ne sais combien de coups de bâton.

LÉANDRE, *à Sganarelle*. – L'effet en est trop beau pour en garder du ressentiment[7].

SGANARELLE. – Soit. *(À Martine.)* Je te pardonne ces coups de bâton en faveur de la dignité où tu m'as élevé : mais prépare-toi désormais à vivre dans un grand respect avec un homme de ma conséquence[8], et songe que la colère d'un médecin est plus à craindre qu'on ne peut croire.

Illustration de J. Leman pour *Le Médecin malgré lui*. Émile Testard éditeur, Paris, 1888, BNF, France, Paris.

7. Le résultat est trop beau pour qu'on puisse en garder de la rancune.
8. Mon importance.

Questions

Repérer et analyser

Le dénouement

Dans une pièce de théâtre, le dénouement est la partie finale où l'action s'achève, où les problèmes soulevés durant la crise trouvent leur solution.
Le dénouement peut être amené naturellement par le jeu des sentiments et des passions ou de façon imprévue par l'arrivée inattendue d'un personnage, une découverte, un revers de fortune, etc.

1 Comparez la longueur des scènes 7 à 11. Quels sont les deux derniers coups de théâtre de la pièce ? Lequel constitue-t-il le dénouement ?

2 Tout le monde est-il heureux à la fin de la pièce ? Justifiez votre réponse.

Les relations entre les personnages

3 Quelle attitude Sganarelle adopte-t-il pour garder la confiance de Géronte ?

4 **a.** En quoi Lucas contribue-t-il à la chute de Sganarelle ? Pour quelle raison ?
b. Quel rôle a-t-il dans le dénouement ?

5 Par quel argument Léandre réussit-il à convaincre Géronte de lui donner sa fille en mariage ?

6 **a.** Quelles sont les relations entre Martine et Sganarelle à la fin de la pièce ? Quel personnage a le dessus ? Y a-t-il une évolution par rapport à la première scène ?
b. Relevez un passage qui montre que Sganarelle a été conforté par le rôle de médecin qu'il a joué.

Le comique de farce

Le comique de situation

7 En quoi la scène 7 repose-t-elle sur un comique de situation ? Quel personnage est ridiculisé ?

8 En quoi le marchandage que Sganarelle propose à Géronte dans la scène 10 est-il comique ?

Le comique de mots

9 Relisez les répliques des lignes 54 à 58 : en quoi y a t-il jeu de mots sur le verbe « fendre » ?

10 **a.** En quoi la dernière réplique de Martine (l. 57-58) est-elle comique ? De quel genre de comique relève-t-elle ?
b. Sur quel ton Sganarelle prononce-t-il l'interjection finale « Ah » ?

Étudier la langue

La langue et le style de Molière

11 « Qu'ils n'aient eu communication ensemble » (l. 15-16) : substituez à cette expression une expression plus moderne.

12 Expliquez l'expression suivante : « Plus fin que vous n'est pas bête » (l. 31).

13 « Cette entreprise a fait place à un procédé plus honnête » (l. 69-70) : quel est le sens des mots « entreprise » et « procédé » ?

S'exprimer

L'art de poser des questions

14 La pièce est terminée. Les comédiens reçoivent les élèves de votre classe dans les coulisses. Imaginez cinq questions que vous voudriez leur poser.

Imaginer une suite

15 Imaginez la vie de Sganarelle et Martine, celle de Lucas et Jacqueline, juste après le tomber du rideau.

Jeu de rôles

16 À l'issue de la première du *Médecin malgré lui*, votre journal vous demande de réaliser l'interview de Molière.
Dans le cadre d'un jeu de rôles à deux personnages – le journaliste et Molière –, réalisez cette interview, soit sur cassette audio, soit sur vidéo, soit en direct devant la classe.

Faire le point sur l'acte III

Les personnages

17 Reproduisez le tableau ci-dessous et complétez-le.

Personnages	Scènes*											Relation entre les personnages (union/opposition)
	1	2	3	4	5	6	7	8	9	10	11	

* Mettez une croix dans la (ou les) bonne(s) case(s).

Le comique de farce

18 Quels sont les procédés comiques que Molière a privilégiés tout au long de cet acte ?

19 Combien de coups de théâtre comptez-vous dans cet acte ? Quelle est leur fonction ?

Le rythme de la pièce

20 Pourquoi le dernier acte comporte-t-il plus de scènes ? Quelle importance ce nombre de scènes a-t-il sur le rythme de la pièce ?

Le titre et la visée

21 **a.** Quel sens donnez-vous au titre ?
b. En quoi le titre de médecin a-t-il donné de l'assurance au personnage ?

22 Quelles sont les différentes visées de la pièce ?

Questionnaire bilan

Le genre : la comédie-farce

1 **a.** Quelles sont les origines de la farce (voir p. 5-6) ?
b. À quelle époque la farce a-t-elle été représentée en France ?

2 **a.** *Le Médecin malgré lui* est-elle une œuvre de jeunesse ou de maturité de Molière (voir l'introduction, p. 5-6) ?
b. Quel accueil le public lui réserva-t-il ?

3 Quelles ont été les sources d'inspiration de Molière (voir p. 5-6) ?

4 Quelle a été la part de la collaboration de Lully, musicien du roi, dans cette farce ?

Le lieu, le temps, l'action

5 Où se situent les différentes actions de la pièce ?

6 Comment le metteur en scène peut-il résoudre les problèmes de changement de lieu au cours de la pièce ?

7 Évaluez la durée de l'action.

8 **a.** Quelles sont les deux intrigues mises en place au début ?
b. À la suite de quel concours de circonstances et dans quelle scène les deux intrigues se rejoignent-elles ?

9 Quels sont les différentes péripéties et les coups de théâtre dans cette farce ?

10 Quel est le dénouement ? Est-il heureux ?

Les personnages

11 Quels sont les personnages hérités de la farce italienne ? Lesquels sont d'origine plus française ? Aidez-vous de l'introduction, p. 5-6.

12 **a.** Regroupez les personnages en fonction de leurs liens de famille et en fonction de leurs intérêts communs.
b. Quels personnages sont en relation d'opposition ?

13 Certains personnages échappent-ils à un regroupement quelconque ? Lesquels ?

14 Quel personnage a le dessus sur les autres au début de la pièce ? à la fin de la pièce ?

15 Qui a le rôle le plus important et assure l'unité de la pièce ?

Le comique de farce et la satire

16 **a.** Quels sont les principaux procédés comiques mis en œuvre dans cette farce ? Donnez des exemples pour justifier votre réponse.
b. Lesquels relèvent spécifiquement du comique de farce ?
c. Quel procédé Molière privilégie-t-il ?

17 Quels sont les droits des parents au temps de Molière ?

18 Quelle image Molière donne-t-il de la médecine et des médecins ?

Atelier jeu

Mots cachés

19 Dans ce tableau se cachent des mots liés au *Médecin malgré lui*. Retrouvez-les et faites les correspondre aux définitions suivantes :
- Division d'une pièce de théâtre : ....
- Domestique de Géronte : ....
- L'opposé de « côté cour » : côté ....
- On la dit « dell'arte » : ....
- Personnage principal de la pièce : ....
- Qualificatif donné à un homme de qualité au XVIIe siècle : ....
- Sentiment fort que ressentent Léandre et Lucinde : ....
- Synonyme de « dénouement » : ....
- Thème central du Médecin malgré lui : ....

C	A	N	E	V	A	S	N	J	J
O	C	X	E	H	I	G	B	H	A
M	T	C	F	N	L	A	S	V	R
M	E	D	E	C	I	N	E	S	D
E	S	F	H	V	C	A	F	C	I
D	W	A	M	O	U	R	M	T	N
I	A	H	O	N	N	E	T	E	K
A	D	Z	T	A	C	L	C	X	F
C	B	D	R	D	Z	L	E	Q	I
A	V	A	L	E	R	E	G	M	N

La commedia dell'arte

Fracischina (Franceschina) et Gian Farina (Gianfarina), personnages de la commedia dell'arte, gravure de Jacques Callot (1592-1635), vers 1622, eau-forte sur papier, 7 x 9 cm, collection privée.

Repères pour commencer

La commedia dell'arte

Très en vogue depuis la Renaissance, quelque peu oubliée au début du XXe siècle, la commedia dell'arte revit de nos jours sur toutes les scènes françaises avec ses farandoles endiablées, ses masques grimaçants, ses personnages de répertoire et ses intrigues frivoles.

Des personnages à l'origine de la commedia dell'arte

Arlequin, Colombine, Pantalon, Polichinelle, Brighella, Matamore, ils sont tous au rendez-vous de la gaieté, du rire franc et de la fantaisie. Chargés d'Histoire – ils nous viennent du fond des âges –, grotesques et facétieux, ils perpétuent dans leurs mimiques et leurs plaisanteries (lazzis) la tradition ininterrompue de l'humour rustique.
Rome et sa région, l'Italie tout entière leur a donné naissance. De Milan, il y a bien longtemps, Scapin et Beltrame, frères de Brighella, s'échappèrent; Polichinelle, puis Scaramouche et Tartaglia, virent le jour à Naples; de la Calabre montagneuse sortit Covielle; de Turin, Gianduja; de Rome, Marco-Peppe.

Une comédie à l'impromptu

Quelques tréteaux, une toile de fond, quelques accessoires: c'est bien assez pour que s'anime la commedia dell'arte. Ne l'a-t-on pas appelée, dans la France du XVIIe siècle, « Comédie à l'impromptu » ou encore « Comédie improvisée » car, seule de toutes les autres formes de comédies, elle laisse une large part à l'improvisation et aux libres jeux des acteurs?
Le succès de la commedia dell'arte tient en effet beaucoup à la qualité des artistes réunis dans de prestigieuses troupes, les Gelosi par exemple qui firent les beaux jours de la comédie italienne à Paris. Il tient aussi aux scénarios très simples qu'on y représentait. En fait, on connaît trois types de scénarios dans la commedia dell'arte: les « canevas » simplement décrits (p. 102-103), les scénarios dont certaines parties seulement sont écrites (p. 106), ceux enfin où tout est écrit (p. 109-110), ces dernières œuvres étant les plus récentes.

Le jeu des acteurs

Selon un Arlequin fameux, Ghéraldi de son vrai nom : « Les comédiens italiens (du XVIIe siècle) n'apprennent rien par cœur ; ils se contentent de jeter un ou deux coups d'œil sur l'intrigue de la pièce avant de monter sur scène. C'est cette capacité de jouer "à l'impromptu" qui rend un acteur italien si difficile à remplacer. Tout le monde peut apprendre un texte et le réciter sur scène ; mais on a besoin de quelque chose d'autre pour jouer la comédie italienne. Un bon acteur italien est un homme aux ressources infinies, qui joue davantage grâce à son imagination qu'à sa mémoire. Ses paroles et ses actions s'emboîtent si parfaitement à celles des autres comédiens qu'il entre sans effort dans toutes les situations au point que tout semble avoir été "préarrangé". »

Mais le plus étonnant dans ce type de théâtre, ce sont les moments de bravoure que les spectateurs attendent : la scène de la mouche, celle du serveur empêtré dans ses plats, celle des amoureux transis... Car l'on aime à comparer les différentes interprétations, à vanter les mimiques de tel comédien. L'intrigue importe peu alors, seul le talent de l'acteur compte.

Les textes qui vont suivre ne vous feront pas voir ce qui était improvisé. Ils vous permettront, en revanche, de mieux comprendre le fonctionnement de cette comédie si particulière, de mieux situer les emprunts de Molière à un genre qu'il a contribué à enrichir.

Les scénarios tout d'abord (p. 102 à 111) : vous pourrez y découvrir à partir de quoi les artistes travaillaient, à une époque où tous les dialogues n'étaient pas écrits. Et il est sûr que quelques saynètes d'Arlequin vous rappelleront le ton des répliques de Sganarelle.

Carlo Goldoni (1707-1793), auteur italien vivant en France, très en vogue au XVIIIe siècle, vous montrera un Géronte peu connu, bien différent de celui de Molière, face à une ingénue amoureuse, dans *Le Bourru bienfaisant* (p. 112).

Enfin, Théophile Gautier (1811-1872), écrivain romantique français, vous rappellera les voyages de Molière en province, dans la première scène de son roman, *Le Capitaine Fracasse*, où il évoque la vie d'une troupe de la commedia dell'arte et décrit ses personnages les plus célèbres (p. 117).

Scénario de la commedia dell'arte

Pantalon et son valet

Sur une simple feuille clouée à un pilier de bois, dans les coulisses, on a griffonné quelques indications scéniques : c'est le « canevas » de la comédie, sorte de plan, de « fil rouge » que les acteurs doivent suivre tout en improvisant le contenu de leurs répliques. Il constitue le premier type de scénario de la commedia dell'arte. À titre d'exemple, observons le canevas de la pièce Contratti Rotti (Les Contrats rompus).

Au début de la pièce, les acteurs vont rentrer sur scène. Ils ont revêtu leurs costumes bigarrés, recouvert leur visage d'un masque (en effet, les acteurs de la commedia dell'arte portaient souvent des masques qui permettaient aux spectateurs de les reconnaître).

Parmi eux, Brighella, le serviteur de Pantalon, un marchand peu fortuné, a décidé de quitter le service de son maître au moment où celui-ci a des ennuis d'argent. Pantalon s'est en effet endetté auprès de Truffaldino qui insiste à présent pour être payé.

Pantalon.

Brighella entre, regarde dans tous les coins de la scène, et ne voyant personne, appelle.

Pantalon, effrayé, accourt.

Brighella désire quitter son service.

Pantalon demande son aide.

Brighella se laisse attendrir et promet de l'aider.

Pantalon dit (en murmurant) que ses créanciers, spécialement Truffaldino, insistent pour être payés, que la date du remboursement de sa dette ne peut plus être repoussée et qu'il doit payer tel jour, etc.

À ce moment :
Truffaldino (scène de demande d'argent).

Brighella trouve un moyen de se debarrasser de lui

Pantalon et Brighella restent sur la scène.

À ce moment :
Tartaglia[1] arrive à la fenêtre et écoute.

Brighella l'aperçoit. Lui et Pantalon prétendent être très riches.

Tartaglia descend dans la rue, etc.

Le canevas se poursuit avec des rebondissements, des scènes d'émotion, des passages mimés, etc.

1. Un ami de Truffaldino.

Questions

Repérer et analyser

Le canevas

1 Qu'est-ce qu'un canevas (voir l'introduction au texte, p. 102) ?

2 **a.** Combien repérez-vous de parties dans l'action définie à partir du canevas p. 103 ?

b. Relevez l'expression qui assure la transition entre chacune des parties.

3 Quelles sont les informations mises entre parenthèses ? À quoi servent-elles ?

4 À partir du canevas, précisez quels sont les différents décors utiles à la représentation.

5 À quel moment du canevas les acteurs ont-ils le plus de répliques à inventer ? Citez le texte à l'appui de votre réponse.

Les personnages

6 Combien de personnages repérez-vous dans cet extrait ? Précisez le rôle de chacun d'eux.

7 Comment vous représentez-vous Tartaglia ? D'après son comportement dans le canevas, quel type de caractère peut-il représenter ?

L'action

8 **a.** Quelle est la situation initiale de la pièce ?

b. Quel fait nouveau bouleverse les projets de Brighella ?

c. Pourquoi, d'après vous, Pantalon et Brighella prétendent-ils être riches (fin du canevas) ?

Molière et la commedia dell'arte

9 Si Molière avait rédigé une comédie à partir de ce canevas, en combien de scènes l'aurait-il divisée ? Justifiez.

10 **a.** À quels personnages du *Médecin malgré lui* correspondent Pantalon et Brighella ?

b. En vous reportant aux pages 14 et 44 de la première partie et à l'illustration des pages 41 et 102 notamment, faites un bref portrait de chacun d'eux.

S'exprimer

À la manière de la commedia dell'arte

11 Imaginez la suite du canevas. Vous ferez en sorte que votre travail se raccorde parfaitement au texte proposé.

À la manière de Molière

12 Rédigez à la manière de Molière les répliques de la pièce en restant fidèle au canevas d'origine de la commedia dell'arte. N'oubliez pas de noter les jeux de scène, les entrées et sorties des personnages. Les élèves pourront travailler par groupes et se répartir le travail de rédaction.

Jouer la scène

Activités de classe

13 Par groupes de quatre, préparez la mise en scène et la représentation de cet extrait. N'oubliez pas que votre but est de faire rire vos camarades.

14 Vous décidez avec trois de vos camarades de passer une audition au conservatoire de théâtre de votre ville. On vous demande, à partir du canevas *Les Contrats rompus*, de proposer une improvisation dans le genre de la commedia dell'arte.
C'est le grand jour. Un jury de six personnes vous attend.
Ce jeu de rôle peut se dérouler de la manière suivante :
- constitution de plusieurs groupes de quatre acteurs qui, dans le plus grand secret, préparent leur improvisation ;
- réunion d'un jury de cinq élèves, encadrés par un président ;
- tirage au sort du passage des groupes ;
- jugement final par vote.

Scénario de la commedia dell'arte

Arlequin et le dieu Pan

Voici le second type de scénario de la commedia dell'arte : le scénario mixte. Ce type de scénario présente une alternance de scènes écrites et de scènes d'improvisation. En voici donc un, extrait du Mercure Galand, *recueilli par le comédien du XVII*e *siècle, Ghéraldi, et rédigé en français et en italien (un italien bien compréhensible).*

Arlequin s'adresse au dieu Pan, un dieu de la nature, extrêmement laid, amoureux d'une belle femme, Rosalba.

ARLEQUIN *(au dieu Pan)*. – Vous, amoureux de Rosalba ? Écoutez si je suis sincère. Rosalba è bella ; et vous, vous êtes admirablement effroyable. Rosalba a una bella physionomie ; et vous, vous avez une physionomie patibulaire[1]. Rosalba è ben fatta ; et vous, vous êtes fait comme un magot[2].

Pan répond qu'il est beau et qu'il est le dieu Pan.

ARLEQUIN. – Cela est vray. Vossignora è il dio Pane, ma un panne bien bis[3], un pane bruno, plus propre à faire du biscuit pour les galériens, qu'à contenter l'appétit d'honnêtes gens.

Pan, apercevant l'âne sur lequel Arlequin était monté, demande à Arlequin si cet âne lui appartient. Arlequin répond qu'il est à luy ; que c'est un âne virtuoso, qui sçait faire le manège, qui joüe fort bien du clavessin. Pan lui demande s'il veut le lui prêter. Arlequin y consent. Pan monte sur l'âne, lequel, après avoir fait quelques pas, se sépare en deux, laissant Pan par terre. Arlequin se moque de luy et s'en va. Entre Rosalba, etc.

1. Du latin *patibulum* qui signifie inquiétant, sinistre.
2. Un singe.
3. Jeu de mots entre le nom du dieu Pan et le mot « pane » qui signifie pains. Le pain bis est un pain gris qui contient du son.

Questions

Repérer et analyser

Le scénario mixte

1 **a.** Distinguez dans ce scénario les répliques écrites et les indications d'improvisation.
b. Quelle est la partie la plus rédigée ?
c. Quelle est la partie qui sera la plus longue à représenter sur scène ? Pourquoi ?

Les personnages

2 Combien de personnages repérez-vous dans cette scène ? Qui sont-ils ? Quels sont leurs liens ?

La langue de Ghéraldi

3 Ce canevas est écrit dans une langue mixte : le français et l'italien. Traduisez tous les passages écrits en italien.
4 Écrivez l'orthographe moderne des expressions suivantes : « cela est vray » (l. 9), « qui sçait » (l. 14), « qui Joüe » (l. 14-15), « clavessin » (l. 15), « se moque de luy » (l. 18).

Le scénario

5 Où se situe la scène ? sur terre ou dans le ciel ?
6 **a.** Quel est le personnage dont on parle mais qui n'apparaît pas sur scène ?
b. Relevez quelques éléments de son portrait.
c. Quel est son rôle dans le scénario ?
7 Pourquoi Arlequin se moque-t-il du dieu Pan ?

La commedia dell'arte

Les personnages

8 Le dieu Pan fait-il peur à Arlequin ? Appuyez-vous sur le portrait du dieu Pan pour répondre.
9 Quels sont les traits de caractère les plus visibles d'Arlequin dans cette scène ? Citez le texte.

Le comique

10 Quels types de comique l'auteur utilise-t-il successivement ? Pour chaque type de comique, citez un exemple du texte. Reportez-vous si nécessaire page 14 pour répondre.

11 Quel comique semble être privilégié dans cette scène de commedia ? Pourquoi ?

S'exprimer

Le dialogue

12 Imaginez un autre dialogue à demi rédigé entre Arlequin et le dieu Pan sur le modèle de celui qui vous est fourni pour le scénario.

13 Imaginez la rencontre entre le dieu Pan et Rosalba.

Jouer la scène

14 Quels accessoires devez-vous prévoir pour jouer cette scène ?

15 En improvisant lorsque cela est nécessaire, préparez avec un de vos camarades une représentation de cette scène.

Scénario de la commedia dell'arte

L'esprit d'Arlequin

La petite scène qui confronte Ottavio à Arlequin illustre le troisième type de scénario de la commedia dell'arte : le scénario écrit. Elle figure parmi les « bons mots » de l'acteur Dominique.

Arlequin

De son vrai nom Giuseppe-Domenico Biancolelli (1640-1688), ce comédien avait les faveurs de Louis XIV. On rapporte qu'un jour le roi, en plein dîner, regardait autour de lui. Parmi les spectateurs, il aperçut Dominique, l'air pensif, les yeux fixés sur un plat de perdrix. Ému par sa mimique, Louis XIV ordonna :

« Donnez donc ce plat à Dominique !

– Et les perdrix aussi ? répliqua Dominique.

– Bien sûr », conclut le roi.

Il arriva que ce jour-là le plat était en or massif.

Autant dire que Dominique avait une renommée bien établie d'homme d'esprit et d'à-propos, qualités dont il se sert dans la scène suivante.

OTTAVIO *(à Arlequin habillé en mendiant)*. – Combien de pères as-tu ?

ARLEQUIN. – Je n'en ai qu'un.

OTTAVIO *(irrité)*. – Mais pourquoi n'as-tu qu'un père ?

ARLEQUIN. – Je ne suis qu'un pauvre homme et je ne peux pas m'en offrir plus.

Questions

Repérer et analyser

L'anecdote et le scénario

1 Combien de répliques ce scénario comporte-t-il ? combien de personnages ?

2 Comment Arlequin est-il habillé ?

3 Quelle est la longueur des répliques ? Quel effet ce choix produit-il sur le spectateur ou sur le lecteur ?

4 Qui était Giuseppe-Domenico Biancolelli ? Sur quoi a-t-il établi sa réputation ?

5 Pourquoi le comédien fait-il une différence entre le plat de perdrix et les perdrix ?

6 Que révèle cette anecdote sur le sort des comédiens célèbres à la cour de Louis XIV ?

7 Quel lien Arlequin établit-il entre sa pauvreté et le fait qu'il n'a qu'un seul père ?

La commedia dell'arte

Les personnages

8 Brossez un bref portrait d'Arlequin. Ressemble-t-il à l'Arlequin de la scène précédente (p. 106) ?

9 Quels adjectifs choisiriez-vous pour qualifier le caractère d'Ottavio : fin, naïf, intelligent, malin ou stupide ? Justifiez votre choix.

Le comique

10 Sur quoi repose le comique de cette scène : sur la situation ? sur les mots ? sur les gestes ? Justifiez votre réponse en citant le texte.

S'exprimer

11 Imaginez un autre « bon mot » qu'aurait pu écrire Dominique.

Dessiner

12 Dessinez les personnages de cette scène en respectant les costumes de l'époque.

Carlo Goldoni

Le Bourru bienfaisant

Carlo Goldoni (1707-1793), auteur italien qui vivait en France au XVIIIe siècle, poursuit la tradition de la commedia dell'arte. Très représenté aujourd'hui encore, il reprend dans ses pièces écrites des canevas anciens de la commedia et les rédige complètement.

Ici, Géronte, riche marchand, a une nièce orpheline en âge de se marier. Elle s'appelle Angélique et est amoureuse de Valère. Or son frère, M. Dalancour, désire pour elle un autre mariage. La jeune femme, très anxieuse, voudrait bien demander le secours de son oncle. Malheureusement, elle est timide et en a peur car il est d'un naturel bourru et s'emporte facilement. Elle a donc demandé à la gouvernante de Géronte, Marton, de plaider sa cause. En vain.

Géronte est bien loin de se douter des peines de cœur de sa nièce. Il est tout retourné de s'être fait battre récemment aux échecs par son ami Dorval, et ne pense plus qu'à prendre sa revanche lorsque Angélique entre dans son salon.

ANGÉLIQUE, *se tenant à quelque distance.*

M. GÉRONTE. – Approchez.

ANGÉLIQUE, *avec timidité, ne faisant qu'un pas.* – Monsieur…

M. GÉRONTE, *un peu vivement.* – Comment voulez-vous que je vous entende, si vous êtes à une lieue[1] de moi ?

ANGÉLIQUE, *s'avance en tremblant.* – Excusez, monsieur.

M. GÉRONTE, *avec douceur.* – Qu'avez-vous à me dire ?

ANGÉLIQUE. – Marton ne vous a-t-elle pas dit quelque chose ?

1. Mesure ; environ quatre kilomètres.

M. GÉRONTE, *il commence avec tranquillité et s'échauffe peu à peu.* – Oui ; elle m'a parlé de vous ; elle m'a parlé de votre frère, de cet insensé, de cet extravagant qui se laisse mener par une femme imprudente, qui s'est ruiné, qui s'est perdu, et qui me manque encore de respect !

ANGÉLIQUE, *veut s'en aller.*

M. GÉRONTE, *vivement.* – Où allez-vous ?

ANGÉLIQUE, *en tremblant.* – Monsieur, vous êtes en colère…

M. GÉRONTE. – Qu'est-ce que cela vous fait ? Si je me mets en colère contre un sot, ce n'est pas contre vous. Approchez, parlez, et n'ayez pas peur de ma colère.

ANGÉLIQUE. – Mon cher oncle, je ne saurais vous parler, si je ne vous vois tranquille.

M. GÉRONTE, *à part.* – Quel martyre ! *(À Angélique, en se contraignant.)* Me voilà tranquille. Parlez.

ANGÉLIQUE. – Monsieur… Marton vous aura dit…

M. GÉRONTE. – Je ne prends pas garde à ce que m'a dit Marton, c'est de vous que je le veux savoir.

ANGÉLIQUE, *avec timidité.* – Mon frère…

M. GÉRONTE, *la contrefaisant.* – Votre frère…

ANGÉLIQUE. – Voudrait me mettre dans un couvent.

M. GÉRONTE. – Eh bien ? Aimez-vous le couvent ?

ANGÉLIQUE. – Mais, monsieur…

M. GÉRONTE, *vivement.* – Parlez donc !

ANGÉLIQUE. – Ce n'est pas à moi à décider.

M. GÉRONTE, *encore plus vivement.* – Je ne dis pas que vous vous décidiez mais je veux savoir quel est votre penchant[2].

2. Ici, désir amoureux.

ANGÉLIQUE. – Monsieur, vous me faites trembler.

M. GÉRONTE, *à part.* – J'enrage. *(En se contraignant.)* Approchez, je vous comprends ; vous n'aimez donc pas le couvent ?

ANGÉLIQUE. – Non, monsieur.

M. GÉRONTE. – Quel est l'état que vous aimeriez davantage ?

ANGÉLIQUE. – Monsieur…

M. GÉRONTE, *un peu vivement.* – Ne craignez rien, je suis tranquille, parlez-moi librement.

ANGÉLIQUE, *à part.* – Ah ! Que n'ai-je le courage !…

M. GÉRONTE. – Venez ici. Voudriez-vous vous marier ?

ANGÉLIQUE. – Monsieur…

M. GÉRONTE, *vivement.* – Oui, ou non ?

ANGÉLIQUE. – Si vous vouliez…

M. GÉRONTE, *vivement.* – Oui, ou non ?

ANGÉLIQUE. – Mais oui.

M. GÉRONTE, *encore plus vivement.* – Oui ? Vous voulez vous marier, perdre la liberté, la tranquillité ? Eh bien ! tant pis pour vous ; oui, je vous marierai.

ANGÉLIQUE, *à part.* – Qu'il est charmant, avec sa colère !

M. GÉRONTE, *brusquement.* – Avez-vous quelque inclination[3] ?

ANGÉLIQUE, *à part.* – Si j'osais lui parler de Valère !

M. GÉRONTE, *vivement.* – Quoi ! auriez-vous quelque amant[4] ?

ANGÉLIQUE, *à part.* – Ce n'est pas le moment ; je lui ferai parler par sa gouvernante.

M. GÉRONTE, *toujours avec vivacité.* – Allons ; finissons. La maison où vous êtes, les personnes avec lesquelles vous vivez,

3. Préférence.
4. Dans la langue du XVIIIe siècle, amoureux.

vous auraient-elles fourni l'occasion de vous attacher à quelqu'un ? Je veux savoir la vérité ; oui, je vous ferai du bien : mais à condition que vous le méritiez ; entendez-vous ?

ANGÉLIQUE, *en tremblant*. – Oui, monsieur.

M. GÉRONTE, *avec le même ton*. – Parlez-moi nettement, franchement : avez-vous quelque inclination ?

ANGÉLIQUE, *en hésitant et tremblant*. – Mais… non, monsieur, je n'en ai aucune.

M. GÉRONTE. – Tant mieux. Je penserai à vous trouver un mari.

ANGÉLIQUE, *à part*. – Dieu ! je ne voudrais pas… *(À monsieur Géronte.)* Monsieur…

M. GÉRONTE. – Quoi ?

ANGÉLIQUE. – Vous connaissez ma timidité…

M. GÉRONTE. – Oui, oui, votre timidité… Je connais les femmes : vous êtes à présent une colombe ; quand vous serez mariée, vous deviendrez un dragon.

ANGÉLIQUE. – Hélas ! mon oncle, puisque vous êtes si bon…

M. GÉRONTE. – Pas trop.

ANGÉLIQUE. – Permettez-moi de vous dire…

M. GÉRONTE, *en s'approchant de la table*. – Mais Dorval ne vient pas.

ANGÉLIQUE. – Écoutez-moi, mon cher oncle…

M. GÉRONTE, *occupé à son échiquier*. – Laissez-moi.

ANGÉLIQUE. – Un seul mot…

M. GÉRONTE, *fort vivement*. – Tout est dit.

ANGÉLIQUE, *à part, en s'en allant*. – Ciel ! me voilà plus malheureuse que jamais ; que vais-je devenir ? Eh ! ma chère Marton ne m'abandonnera pas. *(Elle sort.)*

Carlo Goldoni, *Le Bourru bienfaisant*, Acte I, scène 8.

Questions

Repérer et analyser

L'action

1 Quel est le problème qui préoccupe Angélique ?

2 Qu'a retenu Géronte de l'entretien qu'il a eu avec Marton ? Les informations qu'il donne sont-elles liées au problème qui préoccupe Angélique ?

3 Comment réagit Géronte aux révélations d'Angélique (l. 28 à 53) ?

Les personnages

4 Le Géronte de Goldoni ressemble-t-il au Géronte de Molière ?

5 Quels autres traits de caractère peut avoir Géronte dans la commedia dell'arte (voir p. 44) ?

6 Relevez dans les répliques de Géronte des critiques qu'il adresse aux femmes. À quel passage du *Médecin malgré lui* ces critiques vous font-elles penser ?

7 À quel type de personnage de la commedia dell'arte se rattache Angélique ? Vous pouvez vous reporter p. 88 pour répondre.

8 Quels sont les traits de caractère les plus évidents de ce personnage ?

Étudier la langue

La langue et le style de Goldoni

9 Donnez le sens du mot « extravagant » (l. 11).

10 « Inclination » : rappelez le sens de ce mot en vous appuyant sur la note 3, p. 114. Proposez une phrase où ce mot aura un autre sens.

S'exprimer

Changer le point de vue

11 Marton assiste, cachée, à l'entretien de Géronte avec Angélique. Plus tard, elle raconte la scène à Brighella. Imaginez leur dialogue.

Jouer la scène

12 Représentez devant vos camarades cette scène. Comment allez-vous habiller les deux personnages ? Quel décor allez-vous choisir ? Sur quel ton Angélique et Géronte vont-ils s'exprimer ?

Théophile Gautier

Le Chariot de Thespis[1]

Dans le sud-ouest de la France, une troupe de comédiens, montés sur un chariot, passe de ville en ville, de bourgades en bourgades, pour représenter des pièces de commedia dell'arte. La troupe n'est pas très nombreuse : princes et princesses de théâtre côtoient cependant Pantalon, Géronte, Matamore, Léandre et Isabelle.

Il fait nuit et il pleut. Le chariot qui porte la troupe, ses costumes et ses accessoires s'est embourbé. Il faut trouver un abri. Le château du baron de Sigognac, un noble ruiné, se dresse soudain au détour du chemin. Malgré l'aspect peu engageant du lieu, un des comédiens, le Pédant – ainsi appelé car il s'exprime avec beaucoup de prétention et de solennité –, ose frapper à la grande porte d'entrée. Le baron lui-même vient accueillir ses visiteurs inattendus.

Sigognac descendit l'escalier ; il abaissa la barre[2] de la porte, entrouvrit le battant mobile et se trouva en face d'un personnage au nez duquel il porta sa lampe. Éclairée par ce rayon, une assez grotesque figure se dessina sur le fond d'ombre : un crâne couleur de beurre rance luisait sous la lumière et la pluie.

« Daignez m'excuser, noble châtelain, si je viens frapper moi-même à la porte de votre forteresse sans me faire précéder d'un page[3] ou d'un nain sonnant du cor, et cela à une heure avancée.

– Que voulez-vous ? interrompit le baron.

– L'hospitalité pour moi et mes camarades, des princes et des princesses, des Léandres et des Isabelles, des docteurs

1. Thespis est le nom de la déesse grecque de la comédie.
2. Pour empêcher que quelqu'un entre, la porte d'entrée du château est renforcée par une barre horizontale.
3. Le page était d'ordinaire un jeune garçon au service d'un noble seigneur.

et des capitaines qui se promènent de bourgs en villes sur le chariot de Thespis, lequel chariot, traîné par des bœufs à la manière antique[4], est maintenant embourbé à quelques pas de votre château.

– Si je comprends bien ce que vous dites, vous êtes des comédiens de province en tournée et vous avez dévié du droit chemin ?

– On ne saurait mieux élucider mes paroles[5], répondit le Pédant, car tel paraissait être son emploi dans la troupe.

– Quoique ma demeure soit assez délabrée et que je n'aie pas grand-chose à vous offrir, vous y serez toujours un peu moins mal qu'en plein air et sous une pluie battante. »

L'expérience de Pierre eut bientôt fait franchir le mauvais pas au lourd chariot, qui, dirigé sur un terrain plus ferme, atteignit le château. Les comédiens, bien qu'habitués par leur vie errante aux gîtes les plus divers, regardaient avec étonnement cet étrange logis que les hommes semblaient avoir abandonné depuis longtemps aux esprits.

« Je ne puis vous donner que le couvert, dit le jeune baron, mon garde-manger ne renferme pas de quoi faire souper une souris. Je vis seul dans ce manoir, ne recevant jamais personne.

– Qu'à cela ne tienne, répondit le Pédant, je tiens toujours en réserve quelque jambon de Bayonne, quelque pâté de venaison[6] avec une douzaine de bouteilles et de flacons de vin de Cahors et de Bordeaux. »

Blazius, le Pédant, reparut bientôt portant un panier de chaque main et plaça triomphalement au milieu de la table une forteresse de pâté aux murailles blondes et dorées et il entoura ce fort gastronomique de six bouteilles.

Le baron donna la main à Sérafina qu'il fit asseoir à sa droite. Isabelle prit place à sa gauche, la Soubrette se mit en face,

4. Comme on faisait dans l'Antiquité grecque et latine.

5. Comprendre mes paroles.

6. Gibier.

la Duègne[7] s'établit à côté du Pédant, Léandre et Matamore s'assirent où ils voulurent. Le jeune maître du château put alors étudier tout à son aise les physionomies de ses hôtes vivement éclairées et ressortant avec un plein relief.

La Sérafina était une jeune femme de vingt-quatre à vingt-cinq ans à qui l'habitude de jouer les grandes coquettes[8] avait donné l'air du monde[9] et autant de manège[10] qu'à une dame de la cour. Si son habit était fané, sa figure était fraîche, et, d'ailleurs, cette mise paraissait la plus éblouissante du monde au jeune baron.

L'Isabelle était plus jeune que la Sérafina ainsi que l'exigeait son emploi d'ingénue[11] et elle se bornait à une bourgeoise et élégante simplicité. Elle avait le visage mignon, presque enfantin encore, de beaux cheveux d'un châtain soyeux, l'œil voilé par de longs cils, la bouche en cœur et petite, et un air de modestie virginale[12], plus naturel que feint.

Zerbine, la Soubrette, méritait le nom de « morena » que les Espagnols donnent aux brunes. Sa peau se colorait de tons dorés et fauves comme celle d'une gitane. Ses cheveux drus et crêpés étaient d'un noir d'enfer, et ses prunelles d'un brun jaune pétillaient d'une malice diabolique. Un costume fantasque, bleu et jaune avec un bavolet[13] de fausse dentelle, composait sa toilette.

Dame Léonarde, la mère noble de la troupe, était vêtue tout de noir comme les femmes espagnoles. Elle avait du talent, et, toute vieille qu'elle était, savait se faire applaudir, même à côté des jeunes et jolies, toutes surprises de voir les bravos s'adresser à cette sorcière.

7. Femme âgée, chargée de surveiller la conduite d'une jeune fille.
8. Jouer le rôle de femmes très courtisées car très belles.
9. Avait donné l'impression qu'elle appartenait à la plus haute noblesse.
10. Autant d'art de séduire.
11. Amoureuse.
12. Modestie propre à une jeune fille.
13. Coiffure de paysanne couvrant les côtés et l'arrière de la tête.

Le Léandre était un garçon de trente ans que les soins excessifs qu'il prenait de sa personne faisaient paraître beaucoup plus jeune. Ce n'est pas une petite affaire que de représenter, pour les spectateurs, l'amant, cet être mystérieux et parfait, que chacun façonne à sa guise. Un flot de linge assez propre bouillonnait[14] entre sa veste et ses hauts-de-chausses tuyautés[15] d'un monde de rubans dont la conservation semblait beaucoup l'occuper. En regardant la muraille, il avait l'air de mourir d'amour ; il faisait des clins d'yeux, des airs penchés et des mines à crever de rire.

Le Scapin avait une tête de renard, futée, pointue, narquoise. Sa voix tantôt haute, tantôt basse, procédait par brusques changements de tons et glapissements[16] bizarres qui surprenaient et faisaient rire sans qu'on en eût envie. Il portait une souquenille[17] grise par-dessus son costume dont on entrevoyait les zébrures.

Hérode, le Tyran, était un fort bon homme que la nature avait doué, sans doute par plaisanterie, de tous les signes extérieurs de la férocité. Jamais âme plus débonnaire ne revêtit une enveloppe plus rébarbative[18] : de gros sourcils charbonnés[19], larges de deux doigts, noirs comme s'ils eussent été en peau de taupe, se rejoignaient à la racine du nez, des cheveux crépus et une barbe épaisse qui lui montait jusqu'aux yeux.

Matamore était maigre, hâve, noir et sec comme un pendu d'été. Sa peau semblait un parchemin collé sur des os, son grand nez recourbé en bec d'oiseau de proie était encore allongé par une barbiche pointue. Ses grimaces de matamore étaient devenues, à la longue, sa physionomie habituelle, et, sorti de la coulisse, il marchait fendu comme un compas,

14. Le tissu faisait de grosses fronces.
15. Partie de l'habit allant de la ceinture aux genoux, ornée de tuyaux, de plis.
16. Petits cris brefs.
17. Longue blouse.
18. Repoussante.
19. Recouverts de poudre noire.

la tête rejetée en arrière, le poing sur la hanche et la main sur la coquille de l'épée.

Le commencement du repas fut silencieux ; les grands appétits sont muets comme les grandes passions : mais les premières furies apaisées, les langues se dénouèrent. La vie semblait revenue à cette habitation morte ; il y avait de la lumière, de la chaleur et du bruit.

Théophile Gautier, *Le Capitaine Fracasse*.

Illustration de Gustave Doré pour *Le Capitaine Fracasse*.

Questions

Repérer et analyser

Le genre de l'extrait et le narrateur

1 **a.** Identifiez le genre de l'extrait.

b. Le narrateur est-il un personnage de l'histoire ?

Le discours narratif

2 Quelles sont les circonstances de la rencontre entre Sigognac et la troupe de comédiens au début de l'extrait ?

3 Sous la forme d'un schéma, retracez le plan de table choisi par Sigognac (l. 41 à 44).

4 En quoi l'arrivée des comédiens a-t-elle transformé la demeure de Sigognac ?

Le discours descriptif

5 Relevez les passages dans lesquels sont présentés les portraits des personnages.

a. Faites la liste des personnages ainsi décrits.

b. Dites quels sont leurs principaux traits physiques.

c. Dites quels types de caractères ils représentent et si le physique vous semble correspondre au caractère.

d. Dites qui sont les bons, les méchants, les couples et les adversaires.

Comparer

6 Retrouvez dans *Le Médecin malgré lui* de Molière quelques personnages qui ressemblent à ceux de Théophile Gautier. Vous pouvez vous appuyer sur les pages 14, 44, 52, 67 et 88 pour répondre à cette question.

Acteurs et représentation de la commedia dell'arte au XVIIe siècle

Les troupes de théâtre

Le XVIIe siècle est une époque faste pour la culture et les arts. À côté des artistes subventionnés directement par le roi ou les grands du royaume, cohabitent poètes, dramaturges et saltimbanques qui ne bénéficient d'aucune aide particulière et multiplient les lectures publiques ou les représentations de tous ordres. Le peuple tout entier peut ainsi goûter au plaisir de l'esprit aussi bien dans les rues, sur les ponts – comme le Pont-Neuf à Paris – que dans les salles de spectacle. Le théâtre fleurit partout. Grandes et petites troupes rivalisent : du théâtre de foire à la pantomime ou à la farce, il y en a pour tous les goûts.

Parmi les grandes troupes, la plus ancienne, la troupe de l'Hôtel de Bourgogne, formée par les Comédiens ordinaires du roi, perd de son prestige devant les audaces de Molière et de son Illustre Théâtre. De même pour la troupe du Théâtre du Marais qui a connu son heure de gloire avec le Cid de Corneille. Enfin, inspirateurs de Molière plutôt que concurrents, les Comédiens italiens font briller la commedia dell'arte avec des personnages bien typés : Brighella, Arlequin, Mezzetino, Tabarino, Pierrot… et surtout Scaramouche, interprété par le fameux Tiberio Fiorelli, « prince des grimaciers », auquel Molière rendra un vibrant hommage : « Le ciel est habillé ce soir en Scaramouche » (*Le Sicilien ou l'amour peintre*).

La représentation

Vers quatre ou cinq heures de l'après-midi, les spectateurs, attirés par les affiches noires et rouges annonçant le spectacle de Molière, se pressent vers la salle du Palais-Royal, vaste rectangle pouvant accueillir 1200 d'entre eux. Les uns ne paient que 15 sous pour le parterre où ils sont debout alors que les autres, plus riches, occupent les loges ou les galeries pour 110 sous. Certains privilégiés s'installent même dans des fauteuils sur les côtés du plateau empêchant le lever ou le baisser de rideau. La scène pour sa part comporte deux côtés : le côté cour (à droite vu de la salle) et le côté jardin (à gauche). Reste l'éclairage, assuré par vingt-quatre lustres garnis de chandelles. On devait régulièrement couper la mèche de ces chandelles pour améliorer l'éclairage, ce qui obligeait à une interruption momentanée de la pièce et explique l'origine de la division en actes.

La commedia dell'arte : une inspiration pour peintres et graveurs

Nombreux sont les artistes qui se sont intéressés au motif théâtral. Dès l'Antiquité déjà, les murs de riches demeures de Pompéi témoignent de ce goût pour la représentation théâtrale. Pendant les XVIIe et XVIIIe siècles, la commedia dell'arte et ses dérivés fournissent une multitude de sujets tant ses personnages sont pittoresques. Si le médecin est une des cibles privilégiées d'artistes comme Claude Gillot (France), Pantalon trouve son portraitiste en Jacques Callot (France), Polichinelle en Domenico Tiepolo (Italie), Nicolas Lancret ou Jean-Antoine Watteau (France), Arlequin en Gérard Joseph Xavery (Pays-Bas), entre autres. Autant dire que la renommée de la commedia couvre toute l'Europe et depuis longtemps.
Au XIXe siècle, elle trouvera un regain de jeunesse sous les pinceaux de Maurice Sand, le fils de George Sand.

Étudier un tableau : *Les Acteurs de la Comédie italienne*, Nicolas Lancret

Retrouvez la reproduction de ce tableau en plat 2 de cet ouvrage.

Recherche documentaire

1 **a.** Qui est Nicolas Lancret ? À quelle époque a-t-il vécu ? Sous quels rois ?
b. Citez trois événements majeurs qui se sont déroulés à cette époque.
2 Citez trois œuvres de ce peintre.

La nature du document

3 De quel type d'image s'agit-il ? Sur quels éléments vous fondez-vous pour l'affirmer ?
4 Précisez la composition de cette image :
a. Quels éléments appartiennent au décor ? Décrivez ce décor.
b. Comment les personnages se répartissent-ils ?
c. Lequel est le plus mis en valeur ? Par quels moyens picturaux ?

La diversité des personnages

5 Combien cette scène compte-t-elle de personnages ?
6 Combien de types de personnages dénombrez-vous ? Décrivez-les sommairement.
7 Quelles sont les deux particularités des personnages à damiers ? Comment se nomment-ils ?
8 Décrivez le Pierrot blanc. Quelle impression se dégage de lui ?
9 Caractérisez les autres personnages : quel est leur rôle d'après vous ? Justifiez votre réponse.

La technique picturale

10 Comment le peintre traduit-il la richesse des costumes ? Qu'en déduisez-vous sur le commanditaire de ce tableau ? sur l'occasion qui a provoqué ce rassemblement de personnages ?
11 Comment le peintre traduit-il le mouvement ? l'immobilité ?
12 Ce tableau vous séduit-il ? Justifiez votre réponse.

Étudier une peinture à l'huile : d'après une gravure de Jacques Callot

Retrouvez la reproduction de cette peinture en plat 3 de cet ouvrage.

Recherche documentaire

1 Qui est Jacques Callot ? Quand a-t-il vécu ? Pour quelles œuvres est-il connu ?

2 Qu'apporte une peinture par rapport à une gravure ? Vous pouvez vous appuyer pour répondre sur les gravures publiées dans cet ouvrage p. 2, 7, 32, 41, 64, 76, 86, 93, 99, 102, 109 et 121.

3 Voici les noms des deux personnages principaux : Franca Trippa et Fritellino : quelle est l'origine de ces noms ?

L'expression de l'action ou des sentiments dans la peinture

4 Quels éléments caractérisent ces deux personnages ?

5 Quels semblent être leur fonction ou leur métier ? Justifiez votre réponse.

6 Comment le graveur puis le peintre ont-ils donné vie à la scène ? Décrivez les mouvements des acteurs.

7 Imaginez une légende pour cette œuvre.

L'art du graveur et du peintre

8 Combien de plans distinguez-vous ?

9 À quoi servent les personnages en arrière-plan ?

10 À quels indices voyez-vous que l'artiste a représenté un répertoire comique ?

11 En quoi cette représentation est-elle en lien avec la commedia dell'arte ?

Étudier des gravures

Retrouvez la reproduction de ces gravures en pages 64 et 76 de cet ouvrage.

Décrire la gravure de la p. 64

1 De quand date cette gravure ? Qui en est l'auteur ? l'éditeur ?
2 Combien comporte-t-elle de personnages ?
3 À quelle époque appartiennent-ils ? Justifiez votre réponse.
4 Dans quel décor évoluent-ils ?
5 Comment se nomment les personnages ?
6 Que se disent-ils ? Qu'en déduisez-vous sur le caractère de Sganarelle ?

Décrire la gravure de la p. 76

7 Qui est l'auteur de cette gravure ? De quand date-t-elle ? Qui gouvernait alors la France ?
8 Décrivez la posture du personnage.
9 Que fait-il à votre avis ?

Costumes, classes sociales et fonctions dans la société

10 Par quels mots caractériseriez-vous le costume du personnage de la gravure p. 64 ? Appuyez-vous sur la deuxième gravure p. 76.
11 Décrivez le costume du personnage de droite. Quels en sont les éléments les plus originaux. Déduisez-en la fonction.
12 Quel personnage est issu directement de la commedia dell'arte ? Justifiez votre réponse.
13 À quoi l'« honnête homme » se reconnaît-il ?
14 Comment les artistes ont-ils marqué les différences de classe sociale et de fonction ?

Index des rubriques

Repérer et analyser

Le titre 13
Les didascalies 13, 81
L'exposition 13, 25
Les personnages et leurs relations 13, 19, 32, 42, 50, 60, 81, 87, 94, 104, 107, 111, 116
Le comique de farce 14, 19, 32, 43, 50, 60, 66, 74, 81, 87, 94, 108, 111
L'enchaînement et le rythme des scènes 19
Le comique de gestes 19, 26, 36, 43, 50, 74
Le renversement de situation 19
Les parallélismes d'expression 20
Le paradoxe 20
La situation d'énonciation 25, 42
L'action 25, 50, 74, 87, 104, 116
Le comique de mots 25, 43, 51, 60, 66, 74, 81, 87, 95
La mise en scène 26
La progression du dialogue 35, 42, 66
Le personnage de Sganarelle 35
Le quiproquo 35, 66
Le lieu 42, 74
Le comique de caractère 43
La critique sociale 43
Le déguisement 50
L'humour, l'humour noir 50, 60, 74
La satire de la médecine 51, 61, 66, 74, 81
La répétition 61
La parodie 61
La fonction des scènes 81
Le temps de parole des personnages 87
Le personnage de Lucinde 87
Le comique de situation 87, 94
Le dénouement 94
Le canevas 104
Molière et la commedia dell'arte 104
Le scénario mixte 107
La langue de Ghéraldi 107
Le scénario 107, 111
La commedia dell'arte 107, 111
L'anecdote 111
La critique des femmes 116
Le genre de l'extrait 122
Le discours narratif 122
Le discours descriptif 122

Se documenter 44, 52, 62, 67, 76, 88

S'exprimer 14, 20, 26, 44, 51, 61, 67, 75, 82, 88, 95, 105, 108, 111, 116

Étudier la langue 14, 20, 36, 51, 62, 67, 75, 82, 87, 95, 116

Faire le point 37, 68, 96

Jouer la scène 105, 108, 118

Mettre en scène 75, 82

Enquêter 14, 26

Activités orales 43

Dessiner 111

Comparer 122

Histoire des arts 123-128

Table des illustrations

2-h, 7, 49, 64, 86, 93 : Coll. Archives Hatier
2-g : ph © Giraudon/The Bridgeman Art Library
2-d : ph © Roger-Viollet
18, 32, 41, 76, 79, 102 : Coll. Archives Hatier
99 : ph ©Jean Bernard/Leemage
109 : ph © Roger-Viollet
121 : ph © Maison de Balzac/Roger-Viollet
Et 13, 14, 19, 20, 25, 26, 35, 36, 37, 42, 43, 44, 50, 51, 52, 60, 61, 62, 66, 67, 74, 75, 76, 81, 82, 87, 88, 94, 95, 96, 104, 105, 107, 108, 111, 116, 122 (détail) : Coll. Archives Hatier

Iconographie : Hatier Illustration
Principe de maquette : Mecano-Laurent Batard
Mise en page : Alinéa

Achevé d'imprimer par Black Print CPI Iberica S.L.U - Espagne
Dépôt légal 97156-3/05 - février 2018